KY? NG?

鉄板

メロメロ

ラブラブ

コネ

就活

説日語好流行

日本人
聊天必説
流行語

地味に

ガチ

マジ

天然

Aikoberry・菅原朋子・
平松晋之介／著

ケバイ

ナンパ

草食男子

附MP3♪
音檔連結

バツイチ

カミングアウト

幸せ太り

癒し系

笛藤出版

用流行語擴展話題，
來個有趣的文化交流吧！

- 10種聊天情境，超過300個聊天關鍵字。
- 讓日本朋友對你說「哇！連這句都知道？好強！」。

還在用正正經經的說話方式和日本朋友聊天嗎？放輕鬆點吧！
想打進日本友人生活圈…先來知道他們在流行說些什麼吧！

「臨時抱佛腳」、「被放鴿子」、「蘿蔔腿」、
「隱藏版料理」…等，你知道怎麼說嗎？
看日劇、綜藝節目，或是和日本朋友聊天，
老是在聊得最起勁的時候，偏偏被一些關鍵字打了岔。

究竟這些單字該怎麼說？是什麼意思？要怎麼用？
學校老師沒有教，字典也找不到，查到仍一知半解？

本書為您歸納出目前在日本仍常被提及的流行用語。
淺顯易懂的說明與趣味插圖，搭配MP3一面學習，
幫助您將這些打壞氣氛的日語關鍵字，
變成和日本友人聊天最棒的「武器」！

♪ MP3音檔請至下方連結下載： | MP3日語發聲 |
http://bit.ly/DTJPPOP | 平松晋之介 ・ 奧寺茶茶
★ 請注意英文字母大小寫區別 ★ | 中文發聲 | 賴巧凌

本書使用方法

書眉
在這裡讓您更有效率地搜尋到想學的聊天關鍵字。

音軌
跟著 MP3 學習 10 種聊天情境的正確發音吧！讓您無論是聽或說更順利，聊得更起勁！

聊天關鍵字
一面透過趣味的插畫圖解及解說，把關鍵字通通記起來！附上羅馬音，初學者也能輕鬆學。

分析式解說
淺顯易懂的分析式解說。簡單扼要，一看就懂。

原句	為關鍵字未簡略前的原始句。
注意	使用時該注意的地方。
常用	常與某些用法一起使用。
其他	其他各種意思、說法。
類 反	意思類似或相反的補充關鍵字。

例句
實用例句，理解說法。

延伸專欄
詼諧且受用的專欄知識，讓您對流行語與日本文化有更進一步的認識。

01　Part 1・校園篇

なか ぬ
中抜け
na.ka.nu.ke

意思　中途離開學校。

解說　「中」：中間。
　　　「抜け」 = 抜く（抽離）。

其他　也有中途離開工作崗位的意思。

例　先生、誰か中抜けしてた。
　　se.n.se.i, da.re.ka.na.ka.nu.ke.shi.te.ta
　　老師，有人翹課。

反　サボる

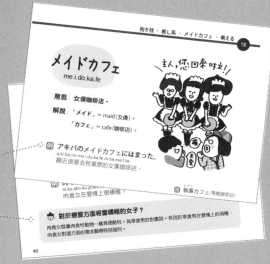

メイドカフェ
me.i.do.ka.fe

意思　女僕咖啡店。

解說　「メイド」 = maid（女僕）。
　　　「カフェ」 = cafe（咖啡店）。

例　アキバのメイドカフェにはまった。
　　a.ki.ba.no.me.i.do.ka.fe.ni.ha.ma.t.ta
　　最近很愛去秋葉原的女僕咖啡店。

反　執事カフェ（男僕傭侍店）

👄 對於戀愛方面相當積極的女子？
肉食女就像肉食性動物─樣具積極性。為草食男的對應詞。有別於草食男在愛情上的消極，肉食女對戀愛方面的需求顯得特別強烈。

40

流行語什麼時候派得上用場呢？

目次

Part1
校園篇

不然…跑個腿吧！

●Part1・パシリ

Part2
職場工作篇

Part3
戀愛結婚篇

●Part3・鬼嫁

●Part3・公園デビュー

Part4
手機篇

Part5
網路篇

大家是不是都忘記我了...

● Part4・着信ナシ

太帥了!

Part6
外形篇

●Part6・大根足

Part7
性格篇

Part8
電視篇

Part9
興趣篇

●Part8・ネタ

●Part9・オタク

Part10
生活用語篇

●Part10・いっぱいいっぱい

●Part10・メタボ

番外篇！羅馬音略語

Part 1
校園篇

ガツ勉
ga.tsu.be.n

| **意思** | 熱衷讀書。

| **解說** | 「**ガツ**」= ガツガツ（殷勤；渴望）。
「**勉**」= 勉強（讀書）。

| **例** | ガツ勉して東大に行った。
ga.tsu.be.n.shi.te.to.o.da.i.ni.i.t.ta
勤勉讀書考上東京大學。

類 ガリ勉

こそ勉
ko.so.be.n

| **意思** | 偷讀書。

| **解說** | 「**こそ**」= こそこそ（悄悄地）。

| **例** | 本当に頭の良い奴はこそ勉しない。
ho.n.to.o.ni.a.ta.ma.no.i.i.ya.tsu.wa.ko.so.be.n.shi.na.i
真正聰明的人是不會偷讀書的。

🎩 班上的黑馬？

大家或許都有這種經驗，每當考試結果出來，就會知道到底誰表面上說沒讀書，其實私底下卻讀得比誰還勤的同學，這個時候就可以用「こそ勉」來形容這種同學。

お べん
置き勉
o.ki.be.n

意思 把課本放學校，回家不唸書。

解說 「置き」= 置く（放置）。

例 置き勉するなよ！
o.ki.be.n.su.ru.na.yo
別把課本放學校！

べん
セコ勉
se.ko.be.n

意思 上課時唸別的科目。

解說 「セコ」= セコセコ（斤斤計較；小氣）。

例 セコ勉して先生に怒られた。
se.ko.be.n.shi.te.se.n.se.i.ni.o.ko.ra.re.ta
上課偷讀其他科目，結果被老師罵了。

📖 讀書也要斤斤計較？

把「セコセコ（斤斤計較；小氣）」的意思延伸到讀書上的話，就可以解釋成在上課時讀其他自己認為重要的科目，有種這個時間也不想浪費的意思。

19

一夜漬け
いちやづ

i.chi.ya.zu.ke

| 意思 | 考試前一天，臨時抱佛腳。 |

| 解說 | 「漬け」：醃漬。 |

原指一種可在短時間內完成的醃漬料理。

例 一夜漬けはきつい。
いちやづ

i.chi.ya.zu.ke.wa.ki.tsu.i

考試前一天熬夜唸書好痛苦。

ノー友
とも

no.o.to.mo

| 意思 | 借筆記的朋友。 |

| 解說 | 「ノー」＝ ノート（note，筆記本）。 |

「友」＝ 友達（朋友）。
とも　ともだち

例 ノー友のおかげで試験に通ったよ。
とも　　　　　　　　しけん　とお

no.o.to.mo.no.o.ka.ge.de.shi.ke.n.ni.to.o.t.ta.yo

多虧朋友的筆記，考試順利過關。

総スカン

そう

so.o.su.ka.n

| 意思 | 被排擠、孤立。 |

| 解說 | 「総」：總。 |

「スカン」＝ 好かん（關西話）。

「好かん」＝ 好きではない（不喜歡）。

| 常用 | 「〜を食う」或「〜に合う」。 |

例：総スカンを食う。総スカンに合う。

例 総スカンを食らった。
so.o.su.ka.n.o.ku.ra.t.ta
被排擠了。

学ラン

がく

ga.ku.ra.n

| 意思 | 學生制服。 |

| 解說 | 「学」＝ 学生（學生）。 |

「ラン」＝ ランダ（軍服）。

例 その学ランかっこいいね。
so.no.ga.ku.ra.n.ka.k.ko.i.i.ne
那件制服真帥氣。

🎩 什麼都和「ラン」有關？

「ラン」是江戶時期西服「ランダ」的略稱。學生穿的「ランダ」就稱為「学ラン」。

「ラン」的由來是因為日本鎖國時期，只與荷蘭有商業往來，所以只要是來自歐洲的物品，名稱都會加上「オランダ（荷蘭）」的「ラン」。例如：「蘭学」等。

タメ
ta.me

意思 對等、同年。

解說 原指擲骰子擲出相同點數的意思。

常用 「タメ口（ぐち）」（和人說話不用です、ます形，
直接用常體〜だ、〜だね、〜だよ等。）

例 タメなんだからタメ口（ぐち）でいいよ。
ta.me.na.n.da.ka.ra.ta.me.gu.chi.de.i.i.yo
我們同年所以講話別這麼客氣啦。

パシリ
pa.shi.ri

意思 跑腿。

解說 「パシリ」 = 走（はし）り（快跑）。

原句 「使（つか）いっ走（ばし）り」的略稱。

注意 只能用在輩份較高的
命令輩份較小的。

例 ちょっとパシリに行（い）って来（こ）い！
cho.t.to.pa.shi.ri.ni.i.t.te.ko.i
去幫我跑個腿！

あさがえ 朝帰り
a.sa.ga.e.ri

意思 1.早上到學校點名，再裝病到保健室後回家。

2.徹夜未歸，直到隔天早上才回家。

例 仮病を使って朝帰りした。
ke.byo.o.o.tsu.ka.t.te.a.sa.ga.e.ri.shi.ta
一大早就裝病回家。

例 朝帰りして両親に怒られた。
a.sa.ga.e.ri.shi.te.ryo.o.shi.n.ni.o.ko.ra.re.ta
徹夜未歸，結果被爸媽罵了。

きたくぶ 帰宅部
ki.ta.ku.bu

意思 不參加社團就直接回家的學生。

解說 「帰宅」：回家。
「部」＝部活（社團）。

注意 通常是小學、國中、高中在使用，但也有例外。

例 高校の時は帰宅部でした。
ko.o.ko.o.no.to.ki.wa.ki.ta.ku.bu.de.shi.ta
高中時從不參加社團活動，一下課就回家了。

日本小學、國中、高中的社團活動通常會在下課後進行。不過也有些社團是在早上或是午休時段進行。

23

中抜け
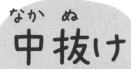

na.ka.nu.ke

意思 中途離開學校。

解說 「中」：中間。

「抜け」＝ 抜く（抽離）。

其他 也有中途離開工作崗位的意思。

例 先生、誰か中抜けしてた。
se.n.se.i、da.re.ka.na.ka.nu.ke.shi.te.ta
老師，有人翹課。

類 サボる

バックレる

ba.k.ku.re.ru

意思 裝傻、蹺班或蹺課。

原句 「しらばっくれる（裝不知道）」的略稱。

其他 也有逃避的意思。

例 あいつはいつもバックレる。
a.i.tsu.wa.i.tsu.mo.ba.k.ku.re.ru
那傢伙老愛翹課。

類 サボる

しゅうかつ 就活

shu.u.ka.tsu

意思 就業活動。

解説「就」= 就職。

「活」= 活動。

原句「就職活動」的略稱。

例 今年の就活は大変だ！
ko.to.shi.no.shu.u.ka.tsu.wa.ta.i.he.n.da
今年的就業活動真是難熬。

 出社會的必經過程？

主要以大學畢業生為主的求職活動。一般是先選擇理想的企業、職業，參加說明會、拜訪公司、提出履歷表等，再接受筆試、面試，最後獲得公司內定。

哪裡不同??「中抜け」、「バックれる」、「サボる」

* 「**中抜け**」：有翹一兩堂課跑出去溜達的意思。
* 「**バックれる**」：因為是從「しらばっくれる（裝不知道）」變化而來，所以有刻意不去上課，或是乾脆直接回家的意思。
* 「**サボる**」：由外來語「サボタージュ（sabotage，破壞）」延伸而來，有種破壞常規，想偷懶的意思。

　意思上雖然有些微差異，但是大致上都有翹課的意思。不過「バックれる」的語氣比較粗魯。

1 選選看：聽MP3，並從〔 〕中選出適當的單字

〔 **A**. 朝帰り　**B**. 帰宅部　**C**. 学ラン　**D**. 就活　**E**. バックレる 〕

① その_____の*第二ボタンをください！

② 次_____したら小遣い無しだぞ！

③ 大学では_____でバイトの毎日でした。

④ 上司がムカついたので_____ことにした。

⑤ _____は順調ですか？

2 填填看：聽MP3，並在_____中填入適當的單字。

① _____せず持って帰って勉強しなさい。

② _____の効果もなく試験に落ちた。

③ 失言して_____を食らう。

④ 後輩をよく_____に使う。

⑤ 会ったばかりで_____口を話すと嫌われる。

＊ 第二ボタン(第二顆鈕釦)：國高中女生在畢業典禮時會向心儀對象索取制服上最接近心臟的第二顆鈕釦。

解

1 ① C --請給我制服的第二顆鈕釦。　② A --下次再裝病回家就不給你零用錢。　③ B --大學沒參加社團，過著每天打工的日子。　④ E --上司太討厭了，所以決定翹班。　⑤ D --就職活動還順利嗎？

答

2 ① **置き勉** --把課本帶回家好好唸書。　② **一夜漬け** --即使臨時抱佛腳也沒用，考試還是沒過。　③ **総スカン** --說錯話所以被排擠。　④ **パシリ** --常叫學弟幫忙跑腿。　⑤ **タメ** --剛見面就和人裝熟，會被討厭。

Part 2
職場
工作篇

プー太郎
（た ろう）
pu.u.ta.ro.o

| 意思 | 遊手好閒的人。 |

| 解說 | 「プー」＝ poor（窮；可憐）。 |

例 彼は30才にもなってプー太郎だ。
（かれ）（さい）（た ろう）
ka.re.wa.sa.n.ju.u.sa.i.ni.mo.na.t.te.pu.u.ta.ro.o.da
他都30歲了還是一副遊手好閒的樣子。

唸法類似台語「嘸頭路」，同樣也指失業的意思。

ニート
ni.i.to

| 意思 | 尼特族。 |

| 解說 | 「ニート」＝ NEET。 |

例 早くニートを抜け出したい。
（はや）（ぬ）（だ）
ha.ya.ku.ni.i.to.o.nu.ke.da.shi.ta.i
希望能趕緊脫離尼特族。

最早源於英國，NEET為Not in Education, Employment or Training的縮寫。指在完成義務教育後，既不升學也不工作，也不參加職業培訓的年輕人。

| 意思 | 飛特族。 |

解説 「フリー」= free（自由）。
「ター」= アルバイター（Arbeiter，勞工）。

原句 「フリーアルバイター（free Arbeiter）」
的略稱。

例 フリーターは 将来不安だ。
fu.ri.i.ta.a.wa.sho.o.ra.i.fu.a.n.da
飛特族的將來，令人不安。

指沒有固定工作，靠打工維生的人。

| 意思 | 靠關係。 |

解説 「コネ」= コネクション
（connection，相關）。

例 親のコネで仕事を 紹介してもらった。
o.ya.no.ko.ne.de.shi.go.to.o.sho.o.ka.i.shi.te.mo.ra.t.ta
靠父母的關係找到工作。

こしか
腰掛け
ko.shi.ka.ke

意思 臨時落腳的地方。

解說 原有椅子的意思。這裡則指在找到理想工作前，暫時從事的工作。

例 この仕事は腰掛けみたいなものだ。
ko.no.shi.go.to.wa.ko.shi.ka.ke.mi.ta.i.na.mo.no.da
這個工作應該是暫時的。

なるはや
na.ru.ha.ya

意思 儘早

解說 「なる」＝ なるべく（盡可能）。
「はや」＝ 早い（快）。

例 なるはやでお願い！
na.ru.ha.ya.de.o.ne.ga.i
拜託快一點！

定時ダッシュ
ていじ
te.i.ji.da.s.shu

| 意思　下班時間一到立刻閃人。

| 解説　「定時」：下班時間。
ていじ
「ダッシュ」＝ dash（猛衝；急奔）。

例　定時ダッシュで彼とデートに行く。
ていじ　　　かれ　　　　　　　い
te.i.ji.da.s.shu.de.ka.re.to.de.e.to.ni.i.ku
準時下班和男友約會去。

類 ベルサッサ

アフター5
a.fu.ta.a.fa.i.bu

| 意思　下班後的時間。

| 解説　「アフター」＝ after（之後）。

「5」：這裡指五點下班。

| 其他　隨著各公司下班時間的不同，也有「アフ
ター6」、「アフター7」等說法。

例　明日のアフター5は何しようか？
あした　　　　　　　　　なに
a.shi.ta.no.a.fu.ta.a.fa.i.bu.wa.na.ni.shi.yo.o.ka
明天下班後要幹嘛？

31

サービス残業
ざんぎょう
sa.a.bi.su.za.n.gyo.o

意思	無給加班。
解說	「サービス」＝ service（服務）。
	「残業」：加班。

例 毎日サービス残業で辛い。
ma.i.ni.chi.sa.a.bi.su.za.n.gyo.o.de.tsu.ra.i
每天加班都在做白工好痛苦。

五月病
ご がつびょう
go.ga.tsu.byo.o

意思	收假症候群。

例 五月病にかかって元気が無い。
go.ga.tsu.byo.o.ni.ka.ka.t.te.ge.n.ki.ga.na.i
我得了五月病，沒什麼精神。

😊 現代文明病？

指社會新鮮人或入學新生放完五月黃金週假期後，無精打采的模樣。一種輕微憂鬱或是環境不適應症。面對環境改變而無法適應的病患，會出現焦慮、抑鬱、失眠、無精打采等症狀。

ku.u.ru.bi.zu

意思　為減緩地球暖化，在夏天上班時會穿著較涼爽的服裝。

解説　「**クール**」＝ cool（①「涼しい（涼快）」②「格好いい（酷）」。

「**ビズ**」＝ biz（business，業務；生意）。

原句　夏を涼しく過ごすための新しいビジネススタイル。（享受清涼夏日的新上班族造型。）

例　会社でクールビズを実施している。
ka.i.sha.de.ku.u.ru.bi.zu.o.ji.s.shi.shi.te.i.ru
公司正在實施衣物輕量化運動。

衣物輕量化運動？

由日本前內閣總理小泉純一郎在2005年夏天開始推動的節能運動。由於一年四季日本上班族都是穿著西裝，而為了能控制室內空調溫度，以達到節能目的，因此呼籲上班族的服裝能盡量從簡，譬如不穿西裝外套、換上短袖襯衫、不打領帶等。另外在冬天則是實施，「ウォームビズ（warm biz，穿著較保暖服裝）」。

go.go.i.chi

意思　午休後的第一件事。

解説　「**午後**」：下午。

「**一**」：在此指第一個。

例　午後一で会議を始める。
go.go.i.chi.de.ka.i.gi.o.ha.ji.me.ru
午休完開會。

アポ
a.po

意思	約定、約會。
原句	「アポイントメント（appointment）」的略稱。

明天早上10點到貴社拜訪是否方便呢？

例 電話でアポを取る。
de.n.wa.de.a.po.o.to.ru
透過電話約好會面時間。

一発芸
i.p.pa.tsu.ge.i
いっぱつげい

意思	於宴會上表演的技藝。
解說	「一発」：一發。
	「芸」：表演。

例 宴会で一発芸をやらされた。
e.n.ka.i.de.i.p.pa.tsu.ge.i.o.ya.ra.sa.re.ta
在宴會上被大家拱上去表演。

セクハラ

se.ku.ha.ra

意思	性騒擾。

解説 「**セク**」= セクシュアル（Sexual，性的）。

「**ハラ**」= ハラスメント（harassment，煩擾；騒擾）。

原句 「セクシュアル ハラスメント（sexual harassment）」的略稱。

例 上司をセクハラで訴えた。

じょうし / うった

jo.o.shi.o.se.ku.ha.ra.de.u.t.ta.e.ta

控訴上司性騒擾。

お局(様)

つぼね さま

o.tsu.bo.ne(sa.ma)

意思	職場上年紀較長的女職員。

解説 「**局**」：原指江戶時代宮中大奧的女侍。

つぼね

在此指壞心眼、叨絮。

注意 通常指上了年紀的單身OL，不可用在受人尊敬的前輩上。

例 お局様には怖くて逆らえない。

つぼねさま / こわ / さか

o.tsu.bo.ne.sa.ma.ni.wa.ko.wa.ku.te.sa.ka.ra.e.na.i

年長的女同事太可怕了，讓人無法反抗。

まどぎわぞく
窓際族
ma.do.gi.wa.zo.ku

意思 在職場上無法被交付工作的中高年齡者。

解說 「窓際」：窗邊。

例 私 はしがない窓際族です。
wa.ta.shi.wa.shi.ga.na.i.ma.do.gi.wa.zo.ku.de.su
我是個沒用的窗邊族。

最輕鬆的工作？

指沒有能力，也沒有升遷機會，到退休之前幾乎只能整天坐在靠窗的位置，對著窗外發呆的中年上班族。在日本過去經濟高成長期間相當普遍。

ことぶきたいしゃ
寿 退社
ko.to.bu.ki.ta.i.sha

意思 因結婚而離職。

解說 「寿」：壽（祝賀用語）。
「退社」：辭職。

例 私 の夢は 寿 退社です。
wa.ta.shi.no.yu.me.wa.ko.to.bu.ki.ta.i.sha.de.su
我的夢想就是可以婚後不用工作。

| 意思 | 上司勸退部下的動作。 |

| 解說 | 「肩」：肩膀。 |
| | 「叩き」：拍打；敲。 |

例 リストラで肩叩きに遭った。
ri.su.to.ra.de.ka.ta.ta.ta.ki.ni.a.t.ta
被公司勸退辭職。

老闆拍肩膀要小心？

由於有輕拍對方肩膀，一面拜託一面勸說的動作，因此才會用來表示勸退部下的意思。象徵日本泡沫時代終身雇用制瓦解的代名詞。

1 選選看：聽MP3，並從〔 〕中選出適當的單字

〔 **A.**お局様　　**B.**寿退社　　**C.**セクハラ　　**D.**窓際族　　**E.**一発芸 〕

① 彼の_____で会場が沸いた。

② 彼は_____で会社をクビになった。

③ 私は_____と恐れられている。

④ 彼は_____なので仕事が無くて暇そうだ。

⑤ 結婚が決まったので_____します！

2 填填看：聽MP3，並在_____中填入適當的單字。

① いつまで_____やってんだと父に怒られた。

② _____を利用して取引を成功させた。

③ _____のせいで何もする気になれない。

④ 夫は_____で毎晩帰りが遅い。

⑤ _____無し訪問は厳禁です。

解答

1 ① E --他的表演炒熱會場氣氛。　② C --他因為對女同事性騷擾，而遭到公司解聘。　③ A --我對公司年長的女同事沒輒。　④ D --他因為不被看重，所以好像沒什麼事做。　⑤ B --因為決定要結婚了，所以向公司辭職。

2 ① プー太郎--被爸爸罵老是遊手好閒。　② コネ--利用關係成功獲得交易。　③ 五月病--都是五月病，做什麼都意興闌珊。　④ サービス残業--老公每天晚歸都在做白工。　⑤ アポ--嚴格禁止臨時拜訪。

Part 3
戀愛
結婚篇

草食男子
<ruby>草<rt>そう</rt>食<rt>しょく</rt>男<rt>だん</rt>子<rt>し</rt></ruby>

so.o.sho.ku.da.n.shi

| **意思** | 草食男。 |

| **解説** | 「<ruby>草食<rt>そうしょく</rt></ruby>」：草食性。 |

例 <ruby>草<rt>そう</rt>食<rt>しょく</rt>男<rt>だん</rt>子<rt>し</rt></ruby>な<ruby>彼<rt>かれ</rt></ruby>は<ruby>私<rt>わたし</rt></ruby>に<ruby>手<rt>て</rt></ruby>を<ruby>出<rt>だ</rt></ruby>さない。

so.o.sho.ku.da.n.shi.na.ka.re.wa.wa.ta.shi.ni.te.o.da.sa.na.i

草食男的他從不對我主動。

反 <ruby>肉<rt>にく</rt>食<rt>しょく</rt>男<rt>だん</rt>子<rt>し</rt></ruby>

👒 對於戀愛不積極的男子？

草食男的形象就像草食性動物一樣溫馴。性格沉穩、協調性強，但對於戀愛的不積極，打破普遍大眾所認知的男性在面對愛情的印象。

肉食女子
<ruby>肉<rt>にく</rt>食<rt>しょく</rt>女<rt>じょ</rt>子<rt>し</rt></ruby>

ni.ku.sho.ku.jo.shi

| **意思** | 肉食女。 |

| **解説** | 「<ruby>肉食<rt>にくしょく</rt></ruby>」：肉食性。 |

例 <ruby>肉<rt>にく</rt>食<rt>しょく</rt>女<rt>じょ</rt>子<rt>し</rt></ruby>は<ruby>恋<rt>れん</rt>愛<rt>あい</rt></ruby>に<ruby>積<rt>せっ</rt>極<rt>きょく</rt>的<rt>てき</rt></ruby>だ。

ni.ku.sho.ku.jo.shi.wa.re.n.a.i.ni.se.k.kyo.ku.te.ki.da

肉食女在愛情上很積極。

反 <ruby>草<rt>そう</rt>食<rt>しょく</rt>女<rt>じょ</rt>子<rt>し</rt></ruby>

👒 對於戀愛方面相當積極的女子？

肉食女就像肉食性動物一樣具侵略性。為草食男的對應詞。有別於草食男在愛情上的消極，肉食女對這方面的需求顯得特別強烈。

独身貴族
どくしん き ぞく

do.ku.shi.n.ki.zo.ku

> 單身其實
> 也很不錯

| 意思 | 單身族。 |

| 解説 | 「独身」（どくしん）：單身。 |

例　私 は独身貴族を 貫 くぞ。
（わたし　どくしん き ぞく　つらぬ）
wa.ta.shi.wa.do.ku.shi.n.ki.zo.ku.o.tsu.ra.nu.ku.zo
我要當一輩子的單身族。

類 おひとりさま

👒 自己賺自己用，想去哪就去哪？

本來是用來揶揄仍然未婚的人，但隨著時代改變，未婚人數增加，後來就用來指能自由運用金錢、時間的單身族。

アラフォー

a.ra.fo.o

| 意思 | 指35～40歲的女性。 |

| 解説 | 「アラ」＝アラウンド（around，圍繞）。
「フォー」＝フォーティー（forty，40）。 |

| 原句 | 「アラウンドフォーティー（around 40）」。 |

| 注意 | 主要指單身女性。也可指男性。 |

例 アラフォーの転職 は 難 しい。
（てんしょく　むずか）
a.ra.fo.o.no.te.n.sho.ku.wa.mu.zu.ka.shi.i
接近40歲要換工作實在很困難。

👒 不同階段的憂慮？

從2005年女性雜誌『GISELe』開始使用的用語「アラサー（指25～34歲的女性）」延伸而來。直到2008年4月天海祐希、藤木直人主演的日劇『Around 40』（熟女在身邊）播出後，逐漸廣為流行。無論是面對結婚、生小孩、工作等，對於人生即將邁入下一個階段時，內心的種種掙扎與焦慮。

合コン
ごう
go.o.ko.n

意思 | 聯誼。

解説 | 「合」= 合同（集合；結合）。
「コン」= コンパニー（company，同伴）。

例 彼女とは合コンで知り合いました。
ka.no.jo.to.wa.go.o.ko.n.de.shi.ri.a.i.ma.shi.ta
和她是在聯誼活動上認識的。

ナンパ
na.n.pa

意思 | 搭訕。

例 軽々しくナンパしないで！
ka.ru.ga.ru.shi.ku.na.n.pa.shi.na.i.de
不要隨便搭訕別人。

ストーカー
su.to.o.ka.a

叔叔～！
足跟蹤別人
是犯法的喔！

意思 | 跟蹤狂、偷窺狂。

解説 | 出自英文「stalker」。

例 ストーカーは犯罪だよ。
su.to.o.ka.a.wa.ha.n.za.i.da.yo
跟蹤別人是犯法的喔。

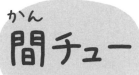

間チュー
ka.n.chu.u

意思	間接接吻。
解説	「間」= 間接。
	「チュー」= chu（接吻聲）。

例 好きな子と間チューして顔が紅くなった。
su.ki.na.ko.to.ka.n.chu.u.shi.te.ka.o.ga.a.ka.ku.na.t.ta
和喜歡的女生間接接吻，真害羞（臉都紅了）。

カミングアウト
ka.mi.n.gu.a.u.to

意思	出櫃。
解説	出自英文「coming out」。

例 彼はゲイだとカミングアウトした。
ka.re.wa.ge.i.da.to.ka.mi.n.gu.a.u.to.shi.ta
他出櫃了。

マザコン
ma.za.ko.n

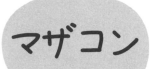

| 意思 | 戀母情結。 |

| 解說 | 「**マザ**」＝ マザー（mother，母親）。 |
| | 「**コン**」＝ コンプレックス（complex，情結）。 |

| 原句 | 「マザーコンプレックス（mother complex）」的略稱。 |

例　**マザコン** 男 はごめんだ。
ma.za.ko.n.o.to.ko.wa.go.me.n.da
戀母情結的男生，抱歉再聯絡。

ツーショット
tsu.u.sho.t.to

| 意思 | 指男女二人獨處。 |

解說	「**ツー**」＝ two（兩個；一對）。
	「**ショット**」＝ shot（拍攝）。
	原為電影或電視拍攝用語「two-shot」。

例　この**ツーショット**は 珍 しいね。
ko.no.tsu.u.sho.t.to.wa.me.zu.ra.shi.i.ne
難得看到這兩人獨處的畫面。

配對節目裡很常見？

源自於1987～94年富士電視台『ねるとん紅 鯨 団』的配對節目。只要攝影機一追到男女兩人獨處畫面時，主持人就會說的『ツーショットだー』，之後就漸漸成為年輕人普遍的用法。

ほんめい
本命
ho.n.me.i

意思 真心看待的人、事、物。

例 私の本命はあの人です。
わたし　　　　ほんめい　　　　ひと
wa.ta.shi.no.ho.n.me.i.wa.a.no.hi.to.de.su
我的真愛是那個人。

ぎ　り
義理チョコ
gi.ri.cho.ko

意思 人情巧克力。

解說 「義理」：人情。
ぎ　り
　　　　　「チョコ」＝チョコレート（chocolate，巧克力）。

例 義理チョコでもいいからください！
ぎ　り
gi.ri.cho.ko.de.mo.i.i.ka.ra.ku.da.sa.i
即使是人情巧克力也沒關係，請給我吧！

🎩 義理巧克力？本命巧克力？

一般在情人節將巧克力贈送給喜歡的人稱為「本命チョコ」；基於人情而贈送的巧克力
ほんめい
稱為「義理チョコ」，贈送對象包括上司、長輩、同事、父親等。起初為神戶一家叫作
ぎ　り
Morozoff製菓公司所策畫的活動，後來在不二家、森永製菓公司等將「情人節＝女性贈送
男性巧克力的日子」的觀念推廣開來後，逐漸成為日本情人節的特殊文化。

彼氏もどき
ka.re.shi.mo.do.ki

| 意思 | 曖昧對象。 |

| 解說 | 「彼氏」：男朋友。 |
| | 「もどき」：匹敵；貌似。 |

例 彼氏もどきから彼氏に昇格した。
ka.re.shi.mo.do.ki.ka.ra.ka.re.shi.ni.sho.o.ka.ku.shi.ta
從曖昧對象晉升為正牌男朋友了。

メロメロ
me.ro.me.ro

| 意思 | 迷戀、著迷。 |

例 彼氏にメロメロだね。
ka.re.shi.ni.me.ro.me.ro.da.ne
妳還真愛他呢。

遠恋
e.n.re.n

| 意思 | 遠距離戀愛。 |

| 解說 | 「遠」＝ 遠距離（遠距離）。 |
| | 「恋」＝ 恋愛（戀愛）。 |

| 原句 | 「遠距離恋愛」的略稱。 |

例 三年遠恋してついに結婚した。
sa.n.ne.n.e.n.re.n.shi.te.tsu.i.ni.ke.k.ko.n.shi.ta
經過三年遠距離戀愛後總算結婚了。

しょうぶふく
勝負服
sho.o.bu.fu.ku

| 意思 | 在緊要關頭時所穿的服裝。 |

解說 「勝負」：勝敗。
「服」：服裝。

例 失敗できないから今日は勝負服だ。
shi.p.pa.i.de.ki.na.i.ka.ra.kyo.o.wa.sho.o.bu.fu.ku.da
為了不失敗今天要以這個造型決勝負(告白是否成功)。

コクる
ko.ku.ru

意思 告白。

原句 「告白する」的略稱。

例 今日こそはあの子にコクるぞ！
kyo.o.ko.so.wa.a.no.ko.ni.ko.ku.ru.zo
我決定今天要和那個女生告白！

ラブラブ
ra.bu.ra.bu

意思	非常恩愛的樣子。
解說	「ラブ」= love（愛）。

例 ほんとあいつらラブラブだな。
ho.n.to.a.i.tsu.ra.ra.bu.ra.bu.da.na
他們還真恩愛呢。

バカップル
ba.ka.p.pu.ru

意思	過度展現恩愛的情侶。
解說	「バカ」=馬鹿（笨蛋）。
	「カップル」= couple（情侶）。

例 バカップルぶりにあきれるよ。
ba.ka.p.pu.ru.bu.ri.ni.a.ki.re.ru.yo
大曬恩愛的情侶很令人厭煩。

カップルつなぎ
ka.p.pu.ru.tsu.na.gi

意思	十指緊扣。
解說	「カップル」= couple（情侶）。
	「つなぎ」=繋ぐ（連結；相連）。

例 カップルつなぎは密着するから好き。
ka.p.pu.ru.tsu.na.gi.wa.mi.c.cha.ku.su.ru.ka.ra.su.ki
我喜歡十指緊扣的親密感。

類 貝殻つなぎ

元カノ(元カレ)
もと　　　　もと
mo.to.ka.no (mo.to.ka.re)

| 意思 | 前女友(男友)。 |

解説	「元」:原來、原本。
	「カノ」= 彼女(女朋友)。
	「カレ」= 彼氏(男朋友)。

例 元カレを今でも想っている。
mo.to.ka.re.o.i.ma.de.mo.o.mo.t.te.i.ru
對前男友仍念念不忘。

もと
元サヤ
mo.to.sa.ya

| 意思 | 重修舊好。 |

| 解説 | 「サヤ」= 鞘(鞘;護套)。 |

| 原句 | 「元の鞘に収まる(收回原本的鞘裡)」的略稱。 |

例 結局元サヤに収まったね。
ke.k.kyo.ku.mo.to.sa.ya.ni.o.sa.ma.t.ta.ne
結果復合了。

😊 分開是有苦衷的?
由於刀與鞘本為一體,在日本江戶時代末期出現許多貧窮的浪士或下士,不得已變賣鞘或刀維生。當刀再度收進鞘裡,就會給人有種恢復原狀的感覺,所以就被拿來作為重修舊好的說法了。

負け犬
ま　いぬ
ma.ke.i.nu

意思 敗犬

解說 「負け」＝ 負ける（失敗）。

例 早く負け犬から脱したい。
ha.ya.ku.ma.ke.i.nu.ka.ra.da.s.shi.ta.i
想趕緊脫離敗犬。

👧 指三十歲以上，仍未結婚生子的女性。

婚活
こん　かつ
ko.n.ka.tsu

意思 結婚活動。

解說 「婚」＝ 結婚。
「活」＝ 活動。

原句 「結婚活動」的略稱。

例 最近彼女は婚活で忙しい。
sa.i.ki.n.ka.no.jo.wa.ko.n.ka.tsu.de.i.so.ga.shi.i
最近她為了結婚活動忙得不可開交。

意思　備胎。

解説　「パイ」＝ 牌(ばい)(麻將牌)。

　　　　原為麻將用語。

注意　在此主要指的是適合結婚的對象。

例　**悪いけど彼は安全パイです。**
wa.ru.i.ke.do.ka.re.wa.a.n.ze.n.pa.i.de.su
很抱歉但是他是安全牌。

意思　結婚。

解説　「ゴール」＝ goal(終點；目的地)。

　　　　「イン」＝ in(向；朝)。

例　**ついに彼女とゴールインした。**
tsu.i.ni.ka.no.jo.to.go.o.ru.i.n.shi.ta
終於和她結婚了。

ぎゃくたま
逆玉
gya.ku.ta.ma

意思	指沒錢沒地位的男性和兩者皆有的女性結婚。
解說	「逆」：相反。
	「玉」：在江戶時代為女性的代稱。
	「輿」：轎子。
原句	「逆玉の輿」的略稱。

例 金持ちのお嬢様と逆玉結婚した。
ka.ne.mo.chi.no.o.jo.o.sa.ma.to.gya.ku.ta.ma.ke.k.ko.n.shi.ta
我和千金小姐結婚了。

かくさこん
格差婚
ka.ku.sa.ko.n

意思	門當戶不對的男女結婚。
解說	「格差」：差別；差距。
	「婚」＝結婚。
注意	特別是女優於男。

例 お笑い芸人と女優じゃ格差婚だね。
o.wa.ra.i.ge.i.ni.n.to.jo.yu.u.ja.ka.ku.sa.ko.n.da.ne
搞笑藝人和女星結婚就是門當戶不對吧。

🎩 誰說一定要門當戶對？

2005年造成話題的『電車男』、到藤原紀香與搞笑藝人陣內智則的結婚等，都是「格差婚」的代表詞。

出来ちゃった婚
で き こん
de.ki.cha.t.ta.ko.n

意思	奉子成婚。
解說	「できちゃった」：有了(小孩)。

例 できちゃった婚も珍しくない時代だ。
こん　　　　めずら　　　　　じだい
de.ki.cha.t.ta.ko.n.mo.me.zu.ra.shi.ku.na.i.ji.da.i.da
帶球結婚早就不稀奇了。

地味婚
じ み こん
ji.mi.ko.n

意思	簡單低調的結婚方式。
解說	「地味」：樸素；暗淡。
其他	也有直接辦理登記結婚的狀況。

例 家族だけで地味婚しよう。
か ぞく　　　　じ みこん
ka.zo.ku.da.ke.de.ji.mi.ko.n.shi.yo.o
辦個只邀請自家人的簡單婚禮吧。

派手婚
は で こん
ha.de.ko.n

意思	指奢華的結婚方式。
解說	「派手」：華麗。

例 名古屋の人は派手婚が好きだよ。
なごや　ひと　は でこん　す
na.go.ya.no.hi.to.wa.ha.de.ko.n.ga.su.ki.da.yo
名古屋人喜歡華麗的婚禮。

こうえん
公園デビュー
ko.o.e.n.de.byu.u

| 意思 | 第一次帶小孩去公園。 |

| 解說 | 「デビュー」= 法文début（登場）。 |

例　緊張の公園デビューが成功した。
きんちょう　　こうえん　　　　　　せいこう
ki.n.cho.o.no.ko.o.e.n.de.byu.u.ga.se.i.ko.o.shi.ta
令人緊張的公園首度亮相，成功了！

 媽媽們擴展生活圈的開始？

當幼兒1歲多開始學會走路時，媽媽就會把小孩帶到住家附近的公園，和其他同樣聚集在公園的媽媽與孩子們交流。

とも
ママ友
ma.ma.to.mo

| 意思 | 透過小孩認識的媽媽朋友。 |

解說	「友」= 友達（朋友）。
	とも　　　　ともだち
	「ママ」：媽媽。

例　ママ友と公園でお喋りする。
とも　　こうえん　　　しゃべ
ma.ma.to.mo.to.ko.o.e.n.de.o.sha.be.ri.su.ru
和其他媽媽友人在公園閒聊。

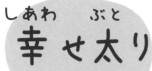

しあわ ぶと
幸せ太り
shi.a.wa.se.bu.to.ri

意思	結婚、交往後身體逐漸發胖。
解說	「太り」＝ 太る(發胖)。 「幸せ」：幸福。
注意	多指男性。

結婚前 → 結婚後

さいきんしあわ ぶと
例 最近 幸せ太りしたんじゃない？
sa.i.ki.n.shi.a.wa.se.bu.to.ri.shi.ta.n.ja.na.i
最近過得很幸福吼(都發福了)？

マスオさん
ma.su.o.sa.n

意思	婚後在老婆娘家生活的人。
解說	「マスオ」：日本人氣卡通「サザエさん(海螺小姐)」中主角海螺小姐的丈夫。

き つか いや
例 気を使うのでマスオさんは嫌だ。
ki.o.tsu.ka.u.no.de.ma.su.o.sa.n.wa.i.ya.da
無法接受婚後還住在老婆娘家。

由於劇情中マスオさん婚後住在サザエさん老家生活，故稱之。

おによめ
鬼嫁
o.ni.yo.me

意思	兇巴巴的老婆。
解說	「嫁」：新娘；妻子。

吸乾淨一點

おによめ むかし おんな
例 鬼嫁も昔はかわいい女だった。
o.ni.yo.me.mo.mu.ka.shi.wa.ka.wa.i.i.o.n.na.da.t.ta
兇巴巴的老婆也曾經可愛過。

あくさい りょうさい
類 悪妻　反 良妻

ダブル不倫（ふりん）
da.bu.ru.fu.ri.n

| 意思 | 指已婚男女雙方皆有外遇。 |

解說 「ダブル」= double（雙重）。
「不倫（ふりん）」：外遇。

例 ダブル不倫（ふりん）は周（まわ）りを不幸（ふこう）にする。
da.bu.ru.fu.ri.n.wa.ma.wa.ri.o.fu.ko.o.ni.su.ru
雙方的外遇會帶給周遭諸多不幸。

二股（ふたまた）
fu.ta.ma.ta

意思 劈腿。

解說 「股（また）」：胯下；大腿內側。

例 彼氏（かれし）に二股（ふたまた）をかけられた。
ka.re.shi.ni.fu.ta.ma.ta.o.ka.ke.ra.re.ta
被男朋友劈腿了。

仮面夫婦（かめんふうふ）
ka.me.n.fu.u.fu

意思 表面夫妻。

解說 「仮面（かめん）」：假面。

例 彼（かれ）らはもう仮面夫婦（かめんふうふ）だよ。
ka.re.ra.wa.mo.o.ka.me.n.fu.u.fu.da.yo
他們已經是空有名份的夫妻了。

りゃくだつあい
略奪愛
rya.ku.da.tsu.a.i

|意思| 橫刀奪愛。

|解說| 「略奪(りゃくだつ)」：非正當的方式。

例 私(わたし)の恋(こい)はいつも 略奪愛(りゃくだつあい)だ。
wa.ta.shi.no.ko.i.wa.i.tsu.mo.rya.ku.da.tsu.a.i.da
我老是在當小三。

ヒモ
hi.mo

|意思| 小白臉。

例 あの 男(おとこ) は彼女(かのじょ)のヒモだ。
a.no.o.to.ko.wa.ka.no.jo.no.hi.mo.da
那個男的是她養的小白臉。

つ
こぶ付き
ko.bu.tsu.ki

|意思| 指帶著拖油瓶。

|解說| 「付(つ)き」：附。
「こぶ」：瘤，在此指的是小孩。

例 こぶ付(つ)きと結婚(けっこん)して家族(かぞく)が増(ふ)えた。
ko.bu.tsu.ki.to.ke.k.ko.n.shi.te.ka.zo.ku.ga.fu.e.ta
和有孩子的人結婚，家人變多了。

じゅくねん り こん
熟年離婚
ju.ku.ne.n.ri.ko.n

意思　指中高齡夫婦離婚。

解說　「熟年」：熟齡。
　　　　　りこん
　　　　「離婚」：離婚。

例　子育ても終わったので熟年離婚した。
ko.so.da.te.mo.o.wa.t.ta.no.de.ju.ku.ne.n.ri.ko.n.shi.ta
孩子也都長大了，所以就離婚了。

👒 一退休就得面臨失婚？

通常是因為妻子長年對丈夫的諸多不滿，所以才會藉著丈夫退休的機會，和丈夫離婚。根據統計，大部分的妻子和丈夫離婚的理由前五名為丈夫不幫忙做家事、總是惡言相向、覺得丈夫沒有價值、外遇、酒品差等。

なり た り こん
成田離婚
na.ri.ta.ri.ko.n

意思　新婚夫妻，蜜月旅行結束後馬上離婚。

解說　「成田」＝ 成田空港（成田機場）。

例　ハネムーン先で喧嘩して成田離婚した。
ha.ne.mu.u.n.sa.ki.de.ke.n.ka.shi.te.na.ri.ta.ri.ko.n.shi.ta
在蜜月旅行時意見不合，雙方不歡而散。

👒 閃電離婚

特別是指夫妻雙方在透過相親後結婚，卻在規劃旅行的過程中或是旅行途中發現對方不好的一面，導致最後以離婚收場。

離婚式
り こん しき
ri.ko.n.shi.ki

| 意思 | 離婚典禮 |

| 解說 | 「式」：典禮。

例 離婚式でお互いの指輪を砕いた。
ri.ko.n.shi.ki.de.o.ta.ga.i.no.yu.bi.wa.o.ku.da.i.ta
在離婚典禮上一起敲碎戒指。

為了好聚好散？

在婚禮中雙方以「舊娘」、「舊郎」相稱，怨偶們在親朋好友面前，彼此訴說離婚原委、財產分配，最後再共同用槌子敲碎結婚戒指。當中也有怨偶們因此而重修舊好。

バツイチ
ba.tsu.i.chi

| 意思 | 離婚一次。

| 解說 | 「バツ」＝ ×（叉記號）。
「イチ」＝ 一（一次）。

例 離婚したのでバツイチになった。
ri.ko.n.shi.ta.no.de.ba.tsu.i.chi.ni.na.t.ta
離婚了，所以留下了一次紀錄。

戶口名簿上的「×」記號？

雖然現在已經進入電子化作業，改以「除籍」的方式呈現，但是在過去登記除籍時，會以一個大大的「×」作表示。這句話真正被使用是在1992年，由搞笑藝人明石家秋刀魚開始才漸漸廣為流行。

1 選選看：聽MP3，並從〔 〕中選出適當的單字

〔 **A**.遠恋　**B**.ゴールイン　**C**.バツイチ　**D**.ラブラブ　**E**.元カレ〕

① _____できて良かったね。

② スカイプのおかげで_____を乗り越えた。

③ 結婚したばかりで超_____。

④ _____はもう過去の人だよ。

⑤ _____の友人はこぶ付きの相手と結婚した。

2 填填看：聽MP3，並在_____中填入適當的單字。

① _____の一環で合コンに参加した。

② _____のあの人から番号をゲットした。

③ 結婚して_____した。

④ 勇気を出して_____事に決めた。

⑤ _____も今は許される。

解

答

1 ① B--能修成正果，實在是太好了。　② A--多虧有Skype才能克服遠距離戀愛的困難。　③ D--新婚超甜蜜。　④ E-- 前男友已經成了回憶。　⑤ C--離過一次婚的朋友和有小孩的對象結婚了。

2 ① 婚活--因為是結婚活動的一部分，所以參加了聯誼。　② 本命--拿到喜歡的人的電話號碼了。　③ 幸せ太り--婚後身材開始走樣。　④ コクる--鼓起勇氣決定向對方告白。　⑤ できちゃった婚--奉子成婚在這個時代已經可以被容許了。

Part 4
手機篇

ケータイ
ke.e.ta.i

意思 手機。

解説 「ケータイ」＝ 携帯(手機)。

原句 「携帯電話」的略稱。

例 どこのケータイ使ってるの？
do.ko.no.ke.e.ta.i.tsu.ka.t.te.ru.no
你用哪一家的手機呢？

ストラップ
su.to.ra.p.pu

意思 手機吊飾。

解説 「ストラップ」＝strap(帶子)。

例 ストラップ付け過ぎじゃない？
su.to.ra.p.pu.tsu.ke.su.gi.ja.na.i
手機吊飾也掛太多了吧？

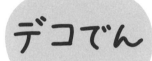

デコでん
de.ko.de.n

意思 手機裝飾。

解説 「デコ」 = デコレーション（decoration，裝飾）。
「でん」 = 電話。

例 このデコデンかなり盛ってるね。
ko.no.de.ko.de.n.ka.na.ri.mo.t.te.ru.ne
這隻手機裝飾得好華麗喔。

けんがい
圏外
ke.n.ga.i

意思 1. 手機收不到訊號。
2. 興趣喜好等不在容許範圍內。

例 圏外だから携帯が使えないよ。
ke.n.ga.i.da.ka.ra.ke.i.ta.i.ga.tsu.ka.e.na.i.yo
收不到訊號所以不能打手機。

例 働かない男は圏外よ。
ha.ta.ra.ka.na.i.o.to.ko.wa.ke.n.ga.i.yo
遊手好閒的男生出局。

反 けんない 圏内

バリ3
ba.ri.sa.n

意思　手機收訊良好。

解說　「バリ」：指收訊格。
　　　　「3」：指訊號3格。

例　地下（ちか）なのにバリ3って凄（すご）いね。
chi.ka.na.no.ni.ba.ri.sa.n.tte.su.go.i.ne
明明在地下室手機卻滿格，訊號好強喔。

....

着（ちゃく）メロ
cha.ku.me.ro

意思　來電鈴聲。

解說　「着（ちゃく）」＝着信（ちゃくしん）（來電）。
　　　　「メロ」＝メロディ（melody，旋律）。

原句　「着信（ちゃくしん）メロディ」的略稱。

例　その着（ちゃく）メロかわいいね。
so.no.cha.ku.me.ro.ka.wa.i.i.ne
這個來電鈴聲真可愛。

ワン切り
wa.n.gi.ri

| 意思 | 響一聲就掛斷。 |
| 解說 | 「ワン」= one（一次）。
「切り」= 切る（切斷）。 |

例 **ワン切り**とかマジで最低。
wa.n.gi.ri.to.ka.ma.ji.de.sa.i.te.i
只響一聲就掛掉真差勁。

着信ナシ
cha.ku.shi.n.na.shi

| 意思 | 電話沒響。 |
| 解說 | 「着信」：接收。
「ナシ」= ない（沒有）。 |

例 今日は誰からも **着信ナシ**だ。
kyo.o.wa.da.re.ka.ra.mo.cha.ku.shi.n.na.shi.da
今天都沒半個人打電話來。

いえ でん
家電
i.e.de.n

| 意思 | 住家電話。 |

解說　「電」＝ 電話。

原句　「家の電話」的略稱。

例　家電に掛け直すよ。
i.e.de.n.ni.ka.ke.na.o.su.yo
我再打一次家裡的電話喔。

マナーモード
ma.na.a.mo.o.do

意思　靜音模式。

解說　「マナー」＝ manner（禮貌）。

　　　「モード」＝ mode（模式）。

例　マナーモードにしてください。
ma.na.a.mo.o.do.ni.shi.te.ku.da.sa.i
請將手機設定為靜音模式。

👒 養成好習慣，從搭電車開始？

在日本搭電車、公車或許常聽得到「マナーモード」這個單字。日本人認為搭乘交通工具時使用手機聊天或喧嘩會影響他人，因此除了有明文宣導乘車禮儀，日本人在電車、地鐵或是公車上也會盡量保持安靜。

ワンセグ

wa.n.se.gu

意思 行動數位電視。

解說 「**ワン**」＝ one（一）。
「**セグ**」＝ セグメント（segment，片段；分割）。

原句 「ワンセグメント放送（1 segment broadcasting）」的略稱。

例 暇つぶしにワンセグでテレビを見る。
hi.ma.tsu.bu.shi.ni.wa.n.se.gu.de.te.re.bi.o.mi.ru
用行動數位電視打發時間。

おサイフケータイ

o.sa.i.fu.ke.e.ta.i

意思 手機電子錢包。

解說 「**おサイフ**」＝ お財布（錢包）。
「**ケータイ**」：手機。

例 おサイフケータイは 超 便利。
o.sa.i.fu.ke.e.ta.i.wa.cho.o.be.n.ri
手機電子錢包超方便。

👒 沒帶錢包也能花錢？

在日本，手機電子錢包已經相當普遍。除了買東西可以直接用手機付帳，搭乘大眾運輸系統時也可取代車票直接感應扣款，還能作為電影、演唱會電子票券、點數卡、會員卡等各種用途。

1 選選看：聽MP3，並從〔 〕中選出適當的單字

〔 **A**.圈外　**B**.ストラップ　**C**.着メロ　**D**.ワン切り　**E**.ケータイ 〕

① 新しい_____買ってよ。

② 私はケータイ_____は付けない主義だ。

③ 建物内は_____だけど外はバリ３だった。

④ 僕の_____はドラえもんだよ。

⑤ お金がないのでやむなく_____した。

2 填填看：聽MP3，並在_____中填入適當的單字。

① 今日も彼からは_____だ。

② 映画館では_____にしなきゃ。

③ 地震が起きたので_____でNHKを見た。

④ 最近はほとんど_____で払う。

⑤ ケータイ高いから_____に掛けてもいい？

解答

1 ① **E**--該換新手機了吧。　② **B**--我從不掛手機吊飾。　③ **A**--在室內收不到訊號，但是外面卻滿格。　④ **C**--我的手機鈴聲是哆啦A夢的喔。　⑤ **D**--因為沒錢所以不得已只好響一聲就掛掉。

2 ① **着信ナシ**--今天他也沒有打電話來。　② **マナーモード**--在電影院必須將手機設定為靜音模式。　③ **ワンセグ**--發生了地震，所以用數位電視收看NHK。　④ **おサイフケータイ**--最近幾乎都用手機扣款功能付帳。　⑤ **家電**--打手機比較貴，可以打住家電話嗎？

Part 5
網路篇

出会い系
de.a.i.ke.i

| 意思 | 交友網站。 |

| 解說 | 「出会い」：交友。 |

| 原句 | 「出会い系サイト」的略稱。 |

例　彼氏とは出会い系で知り合った。
ka.re.shi.to.wa.de.a.i.ke.i.de.shi.ri.a.t.ta
和男朋友是在交友網站上認識的。

プロフ
pu.ro.fu

| 意思 | 網路、手機的個人簡介。 |

| 原句 | 「プロフィール(profil)」的略稱。 |

例　プロフ持ってる？
pu.ro.fu.mo.t.te.ru
有個人簡介嗎？

メル友
me.ru.to.mo

| 意思 | 筆友。 |

| 解說 | 「メル」＝ メール(mail，信箱)。 |

例　メル友になってください！
me.ru.to.mo.ni.na.t.te.ku.da.sa.i
請成為我的筆友！

メアド
me.a.do

意思	電子信箱。
解説	「メ」= メール（mail，郵件）。
	「アド」= アドレス（address，地址）。
原句	「メールアドレス（mail address）」的略稱。

例　メアド教えてよ。
me.a.do.o.shi.e.te.yo
告訴我你的電子信箱嘛。

空メール
ka.ra.me.e.ru

意思	空白信件。
解説	「空」：空白。

例　空メールが来た。
ka.ra.me.e.ru.ga.ki.ta
來了封空白信件。

亀レス
ka.me.re.su

意思	龜速。
解説	「亀」：烏龜。
	「レス」= response（回應）。

例　亀レスでごめんね。
ka.me.re.su.de.go.me.n.ne
抱歉這麼慢才回信。

顔文字
ka.o.mo.ji

意思　表情符號。

解説　「顔」：臉。

例 この顔文字可愛いね。
ko.no.ka.o.mo.ji.ka.wa.i.i.ne
這個表情符號真可愛。

コピペ
ko.pi.pe

意思　複製貼上。

解説　「コピ」＝ コピー（copy，複製）。
　　　「ペ」＝ ペースト（paste，貼上）。

原句　「コピー＆ペースト（copy ＆ paste）」的略稱。

例 顔文字をコピペする。
ka.o.mo.ji.o.ko.pi.pe.su.ru
把表情符號複製再貼上。

CHAT

チャット
cha.t.to

意思　網路聊天。

解説　「チャット」＝ chat（聊天）。

例 今からチャットしない？
i.ma.ka.ra.cha.t.to.shi.na.i
要不要現在來聊天？

ネトモ
ne.to.mo

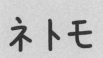

| 意思 | 網友。 |

| 解說 | 「ネ」＝「インターネット（internet，網際網路）」。 |
| | 「トモ」＝友(とも)(朋友)。 |

例 ネトモとオフ会(かい)で会(あ)った。
ne.to.mo.to.o.fu.ka.i.de.a.t.ta
在網聚上和網友見面。

- -

オフ会(かい)
o.fu.ka.i

| 意思 | 網友聚會。 |

| 原句 | 「オフラインミーティング（off-line meeting）」的略稱。 |

例 オフ会(かい)で今(いま)の彼女(かのじょ)と出会(であ)った。
o.fu.ka.i.de.i.ma.no.ka.no.jo.to.de.a.t.ta
在網聚上和現在的女朋友認識了。

73

アップする
a.p.pu.su.ru

意思 上傳。

解說 「アップ」＝ アップロード（upload，上傳）。

例 毎日ブログをアップする。
ma.i.ni.chi.bu.ro.gu.o.a.p.pu.su.ru
每天更新部落格。

炎上
え ん じ ょ う
e.n.jo.o

意思 在部落格等發表的內容，回應人數爆增。

解說 原指大火燃燒。

注意 較為負面。

例 失言でアイドルのブログが炎上した。
shi.tsu.ge.n.de.a.i.do.ru.no.bu.ro.gu.ga.e.n.jo.o.shi.ta
明星因為說錯話，部落格上留言瞬間暴增。

裏サイト
u.ra.sa.i.to

| 意思 | 匿名網站。 |

| 解説 | 「裏^{うら}」：內部；內幕。 |

「サイト」＝ site（位置；區）。

例 学校^{がっこううら}裏サイトでイジメられた。
ga.k.ko.o.u.ra.sa.i.to.de.i.ji.me.ra.re.ta
在學校的匿名網站上被霸凌了。

荒らし
a.ra.shi

| 意思 | 惡意留言。 |

例 荒^あらしはみっともないよ。
a.ra.shi.wa.mi.t.to.mo.na.i.yo
惡意留言很難看喔。

スレ
su.re

| 意思 | 創造話題。 |

| 解説 | 「スレ」＝ スレッド（thread，通過；透過）。 |

例 そのコメントはスレ違^{ちが}いだよ。
so.no.ko.me.n.to.wa.su.re.chi.ga.i.da.yo
這個回應偏離主題了。

グググ る
gu.gu.ru

意思 上網搜尋。

解說 「ググ」＝ グーグル（google）。

例 とりあえずググる。
to.ri.a.e.zu.gu.gu.ru
總之先上網查。

ロムる
ro.mu.ru

意思 瀏覽者。

解說 「ロム」＝ ロム（rom）。
「**rom**」＝ read only member。
原為 IT 用語「read only memory（唯讀記憶體）」的縮寫。

例 ロムるだけで書き込みはしない。
ro.mu.ru.da.ke.de.ka.ki.ko.mi.wa.shi.na.i
只瀏覽網頁不留言。

マルチ
ma.ru.chi

意思 重複發文。

解說 「マルチ」＝ multiple（多種；重複）。
原為新聞用語。

原句 「マルチポスト（multi-post）」的略稱。

例 マルチをやる奴は嫌われる。
ma.ru.chi.o.ya.ru.ya.tsu.wa.ki.ra.wa.re.ru
重複發文的傢伙會被討厭。

重複發文
會被討厭喔！

不小心多按
了一下……

教えてちゃん
o.shi.e.te.cha.n

意思	好問者。
解説	「おしえて」＝教える（告訴）。
	「ちゃん」：暱稱。

| 常用 | 通常以「～教えてください。 |
| | （請告訴我）」的形式出現。 |

例　教えてちゃんは困ったちゃんだ。
o.shi.e.te.cha.n.wa.ko.ma.t.ta.cha.n.da
好問者其實就是小麻煩。

🎩 好問者、小麻煩，兩個都很煩？

「教えてちゃん」是指自己什麼都不查、不動腦筋想，不管遇到什麼問題都要問別人的人，例如：「請告訴我這本書的心得是什麼？」、「請告訴我這個題目的答案」等。「困ったちゃん」則是指老是問些沒意義的問題或是給人製造困擾，卻毫無自覺的人，例如留些令人難以回應或無關主題的留言、時常到處亂留言的人。兩者除了常出現在網路用語上之外，也可用來形容生活上有類似情形的人。

---

1 選選看：聽MP3，並從〔 〕中選出適當的單字

〔**A**.亀レス　**B**.出会い系　**C**.コピペ　**D**.ググる　**E**.顔文字〕

① _____じゃなく即レスしてよ。

② _____の方が気持が伝わる。

③ _____サイトで事件に巻き込まれた。

④ 分からないとすぐに_____クセがついた。

⑤ URLを_____して送るよ。

---

2 填填看：聽MP3，並在_____中填入適當的單字。

① １０代の学生は_____を名刺代わりに使う。

② あの子の_____知ってたら教えてよ。

③ *mixiに写真を_____する。

④ あいつはただの_____だよ。

⑤ メアドの確認のため_____を送ってよ。

＊ mixi：為日本會員數最多、規模最大的社群網站。

解答

1 ① **A**--別回得這麼慢，快點回信給我吧。　② **E**--表情符號比較能直接傳遞心情。
③ **B**--在交友網站上被捲入事端。　④ **D**--養成了只要不懂就會立刻上網搜尋的習慣。
⑤ **C**--把網址複製貼上再寄過去喔。

2 ① **プロフ**--10幾歲的學生現在都把個人簡介當作名片用。　② **メアド**--如果知道她的
電子信箱的話要告訴我喔。　③ **アップ**--在mixi上傳照片。　④ **メル友**--和那傢伙只
是單純的筆友。　⑤ **空メール**--為了確認電子信箱是否正確，寄空白信件給我吧。

イケてる
i.ke.te.ru

| 意思 | 有魅力的、帥的、有趣的 |

解說　「いかす（精緻；有用）」的變化形。

注意　否定詞用法為「イケてない」，
不可用「イケない」。

例　その髪型イケてるね。
so.no.ka.mi.ga.ta.i.ke.te.ru.ne
這個髮型真帥氣。

因為『イケてる』才流行？

原本只在關西圈才使用的表現，在富士電視台的娛樂節目『めちゃ×2イケてるッ！（通稱：
めちゃイケ）』開播後，逐漸成為全國性的流行用語。

イケメン
i.ke.me.n

意思　帥哥。

解說　「メン」＝①面（臉）。② men（男）。

例　あの彼イケメンじゃない？
a.no.ka.re.i.ke.me.n.ja.na.i
不覺得那個男的很帥嗎？

ブサイケ
bu.sa.i.ke

意思 指外型不佳，卻很受女性歡迎的男性。

解說 「**ブサ**」= ブサイク（醜；不精緻）。

「**イケ**」=イケてる（有魅力）。

例 <ruby>私<rt>わたし</rt></ruby> の<ruby>彼氏<rt>かれし</rt></ruby>はブサイケだよ。
wa.ta.shi.no.ka.re.shi.wa.bu.sa.i.ke.da.yo
我的男朋友雖然不帥但很有才華。

 知識就是力量？

相較於外表出眾，說話卻缺乏深度的男性，外表不引人注目，但說話風趣、充滿知識的男性，反而漸漸擄獲女性的芳心。

ちょいワル
cho.i.wa.ru

意思 像是會使壞的中年男性，或其風格。

解說 「**ちょい**」：有一點；稍微。

「**ワル**」=<ruby>悪<rt>わる</rt></ruby>い（壞）。

原句 「ちょいわるおやじ」的略稱。

例 ちょいワルオヤジになりたい。
cho.i.wa.ru.o.ya.ji.ni.na.ri.ta.i
想變成那種看起來壞壞的熟男。

源自於雜誌『LEON』所提倡的熟男風格。

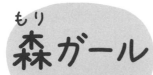
森ガール
もり
mo.ri.ga.a.ru

| 意思 | 森林系女孩。 |

解說　「森」：森林。（もり）

　　　　「ガール」：girl（女孩）。

例　彼女は森ガールだ。（かのじょ／もり）
ka.no.jo.wa.mo.ri.ga.a.ru.da
她是森林系女孩。

🐿 **其實是從社群網站出來的？**

出自於日本社群網站—mixi的コミュニティ（community，相當於臉書粉絲團），版主所提出的「宛如置身於森林中的裝扮」，引起相當大的迴響。特徵以自然、淺色、大地色系的雜貨、服裝或碎花、蕾絲等為主。

イメチェン
i.me.che.n

| 意思 | 改變形象。 |

解說　「イメ」＝イメージ（image，形象；印象）。

　　　　「チェン」＝チェンジ（change，改變）。

原句　「イメージチェンジ（image change）」的略稱。

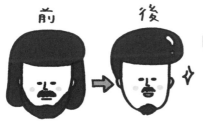
前　　　後

例　イメチェンしてかっこよくなった。
i.me.che.n.shi.te.ka.k.ko.yo.ku.na.t.ta
改變造型後變帥了。

大化けする
おお ば
o.o.ba.ke.su.ru

意思 煥然一新。

解説 「化け」：變化。

例 化粧 して大化けしたね。
け しょう　　　　おお ば
ke.sho.o.shi.te.o.o.ba.ke.shi.ta.ne
上妝之後整個人變得不一樣。

スッピン
su.p.pi.n

意思 素顏。

解說 本指沒化妝就是個美人的意思。

例 スッピンもカワイイよ。
su.p.pi.n.mo.ka.wa.i.i.yo
即使素顏也很可愛喔。

アンチエイジング
a.n.chi.e.i.ji.n.gu

意思 抗老化。

解說 源自英文「antiageing」。

例 将 来の為にアンチエイジングする。
しょうらい ため
sho.o.ra.i.no.ta.me.ni.a.n.chi.e.i.ji.n.gu.su.ru
為了將來而抗老保養。

ロン毛
ロン毛（げ）
ro.n.ge

意思	長髮男。
解說	「毛（げ）」：頭髮。

例 ロン毛（げ）の彼（かれ）イケてるよね。
ro.n.ge.no.ka.re.i.ke.te.ru.yo.ne
留著長髮的他很帥吧。

ズラ
zu.ra

意思	假髮。
解說	「カツラ（假髮）」的俗稱。

例 あの人（ひと）はズラだと思（おも）うよ。
a.no.hi.to.wa.zu.ra.da.to.o.mo.u.yo
我覺得那個人戴假髮。

ぽっちゃり
po.c.cha.ri

意思	肥肥胖胖的。

例 ぽっちゃり系（けい）が好（この）みです。
po.c.cha.ri.ke.i.ga.ko.no.mi.de.su
體態較豐滿的類型是我的菜。

リバウンド
ri.ba.u.n.do

意思　復胖。

解說　出自英文「rebound」（彈回；回升）。

例　リバウンドして<ruby>体重<rt>たいじゅう</rt></ruby>が<ruby>元<rt>もと</rt></ruby>に<ruby>戻<rt>もど</rt></ruby>った。
ri.ba.u.n.do.shi.te.ta.i.ju.u.ga.mo.to.ni.mo.do.t.ta
又胖回原本的體重了。

<ruby>大根足<rt>だいこんあし</rt></ruby>
da.i.ko.n.a.shi

意思　蘿蔔腿。

解說　「<ruby>大根<rt>だいこん</rt></ruby>」：蘿蔔。
　　　「<ruby>足<rt>あし</rt></ruby>」：腳。

例　<ruby>大根足<rt>だいこんあし</rt></ruby>が<ruby>悩<rt>なや</rt></ruby>みの<ruby>種<rt>たね</rt></ruby>だ。
da.i.ko.n.a.shi.ga.na.ya.mi.no.ta.ne.da
蘿蔔腿是所有煩惱的根源。

ガタイがいい
ga.ta.i.ga.i.i

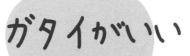

| 意思 | 指男性的體格很強壯。 |

| 解說 | 「ガタイ」＝がかい(外觀)＋図体(體型)。 |

> 例　水泳やってたのでガタイがいい。
> su.i.e.i.ya.t.te.ta.no.de.ga.ta.i.ga.i.i
> 因為有游泳的習慣所以看起來比較壯。

マッチョ
ma.c.cho

| 意思 | 肌肉體型。 |

| 解說 | 出自西班牙語「macho」。 |

> 例　白人はマッチョな男が好きだ。
> ha.ku.ji.n.wa.ma.c.cho.na.o.to.ko.ga.su.ki.da
> 西方人比較喜歡肌肉型的男生。

腰パン
ko.shi.pa.n

| 意思 | 垮褲。 |

| 解說 | 「腰」：腰際。 |

> 例　腰パンはだらしない。
> ko.shi.pa.n.wa.da.ra.shi.na.i
> 垮褲看起來很邋遢。

上げパン
a.ge.pa.n

意思 高腰褲。

解説 「上げ」= 上げる（提高；拉高）。
「パン」= パンツ（pants，褲子）。

好可怕

復古風〜

噁心

例 男の上げパンは気持悪いよ。
o.to.ko.no.a.ge.pa.n.wa.ki.mo.chi.wa.ru.i.yo
男生穿高腰褲還真噁心。

ババシャツ
ba.ba.sha.tsu

意思 指中高年女性時常著用的衛生衣。

解説 「ババ」=婆（年長的女性）。
「シャツ」= shirt（汗衫；襯衫）。

例 みんな意外とババシャツ着てるよ。
mi.n.na.i.ga.i.to.ba.ba.sha.tsu.ki.te.ru.yo
很意外大家都穿衛生衣。

冬天時應該都要來一件？

由於衛生衣的保暖性，逐漸受OL及女學生等年輕女性喜愛。原本只著重保暖性的衛生衣，近年來經過改良，跳脫原本沉重印象，剪裁變得更合身、簡單、舒適。

グラサン
gu.ra.sa.n

意思	墨鏡。

解説 「**サン**」= sun（太陽）。
「**グラス**」= glasses（眼鏡）。
「**サン**」與「**グラ**」反著用。

原句 「**サングラス**（sunglasses）」的略稱。

例 目を護る為グラサンを掛けた。
me.o.ma.mo.ru.ta.me.gu.ra.sa.n.o.ka.ke.ta
為了保護眼睛所以戴上墨鏡。

イットバッグ
i.t.to.ba.g.gu

意思	必備包款。

解説 「**イット**」= it（它）。
「**バッグ**」= bag（包包）。

例 イットバッグっておしゃれだよね。
i.t.to.ba.g.gu.t.te.o.sha.re.da.yo.ne
必備包款還真時髦。

フル活用
fu.ru.ka.tsu.yo.o

意思	徹底活用。

解説 「**フル**」= full（滿滿）。

例 持てる知識をフル活用する。
mo.te.ru.chi.shi.ki.o.fu.ru.ka.tsu.yo.o.su.ru
把擁有的知識徹底活用。

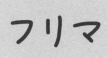

フリマ
fu.ri.ma

| 意思 | 廉價市場。

| 解說 | 「**フリ**」＝フリー（flea，跳蚤）。

「**マ**」＝マーケット（market，市集）。

| 原句 | 「フリーマーケット（flea market）」的略稱。

例 フリマで掘り出し物をゲットした。
fu.ri.ma.de.ho.ri.da.shi.mo.no.o.ge.t.to.shi.ta
到跳蚤市場挖到寶。

- -

どく
読モ
do.ku.mo

| 意思 | 指從一般讀者變成的模特兒。

| 解說 | 「**読**」＝讀者。

「**モデル**」＝ model（模特兒）。

| 原句 | 「読者モデル」的略稱。

例 読モに憧れる。
do.ku.mo.ni.a.ko.ga.re.ru
夢想成為讀者模特兒。

ミーハー

mi.i.ha.a

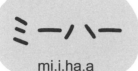

意思　追隨流行的人。

解說　「ミー」＝ みいちゃん（小美）。

　　　　「ハー」＝ はあちゃん（小花）。

例 君は本当にミーハーだね。
ki.mi.wa.ho.n.to.o.ni.mi.i.ha.a.da.ne
你還真是個愛趕流行的人呢。

又美又花？

昭和中期，以「み」、「は」作為開頭的名字相當流行，例如美代子、花子等。因此才會衍伸出みいちゃん、はあちゃん一詞。

ケバい

ke.ba.i

意思　花俏。

原句　「けばけばしい」的略稱。

例 おばさんの化粧がケバい。
o.ba.sa.n.no.ke.sho.o.ga.ke.ba.i
阿姨的妝好濃喔。

意思 不做作，不經意。

例 何気に俺の事好きなのかな。
na.ni.ge.ni.o.re.no.ko.to.su.ki.na.no.ka.na
是不是喜歡我呢。

1 選選看：聽MP3，並從〔　〕中選出適當的單字

〔 **A.** グラサン　**B.** ミーハー　**C.** ケバい　**D.** ガタイがいい　**E.** マッチョ 〕

① ＿＿＿＿彼氏が好みです。
<small>かれ し</small>　<small>この</small>

② ヒョロヒョロなので＿＿＿＿になりたい。

③ 夏のドライブ中は＿＿＿＿が必須だ。
<small>なつ</small>　　　　　<small>ちゅう</small>　　　　<small>ひっ す</small>

④ ＿＿＿＿な人は流行ものにすぐ飛びつく。
<small>ひと</small>　<small>りゅうこう</small>　　　　<small>と</small>

⑤ その服装は＿＿＿＿と思うよ。
<small>ふくそう</small>　　　　　<small>おも</small>

2 填填看：聽MP3，並在＿＿＿＿中填入適當的單字。

① ＿＿＿＿＿＿＿男の子紹介してください。
<small>おとこ</small>　<small>こ しょうかい</small>

② ＿＿＿＿＿＿＿とブサメンならイケメンがいいな。

③ 思い切って＿＿＿＿＿＿＿した。
<small>おも</small>　<small>き</small>

④ ＿＿＿＿＿＿＿で出社とか有り得ない。
<small>しゅっしゃ</small>　<small>あ え</small>

⑤ ＿＿＿＿＿＿＿していて可愛いよね。
<small>か わい</small>

解

答

1 ① **D**--我愛男友壯壯的身材。　② **E**--太瘦弱了，所以想成為肌肉男。　③ **A**--夏天兜風時一定要有墨鏡。　④ **B**--愛趕流行的人只要有什麼在流行就會立即飛撲上去。　⑤ **C**--我覺得這個服裝好花俏喔。

2 ① **イケてる**--請幫我介紹帥哥。　② **イケメン**--帥哥跟醜男，還是帥哥比較好。　③ **イメチェン**--下定決心大改造。　④ **スッピン**--要我素顏上班是不可能的。　⑤ **ぽっちゃり**--胖胖圓圓的真可愛。

Part 7
性格篇

有石頭～

自己チュー
ji.ko.chu.u

| 意思 | 自我中心的人。 |

| 解説 | 「チュー」= 中心（中心）。 |

例 自己チューな人だなあ。
ji.ko.chu.u.na.hi.to.da.na.a
真是個自我中心的人。

チャラ男
cha.ra.o

| 意思 | 輕浮男。 |

| 解説 | 「チャラ」= チャラチャラ（濃妝豔抹；輕浮）。 |

例 私、チャラ男は苦手です。
wa.ta.shi、cha.ra.o.wa.ni.ga.te.de.su
我無法接受輕浮的男生。

素
su

| 意思 | 原本、毫無準備之下。 |

例 素で知らなかった。
su.de.shi.ra.na.ka.t.ta
我完全都不知道。

意思	小氣、吝嗇。
解說	「セコ」＝ セコセコ（斤斤計較；小氣）。

セコい
se.ko.i

例　そんなにセコい事言わないで。
so.n.na.ni.se.ko.i.ko.to.i.wa.na.i.de
別說這種小心眼的話。

カモ
ka.mo

意思	容易上當的人。
解說	「カモ」：鴨。 「カモ」＋「る」為動詞用。

例　あの客は大事なカモだよ。
a.no.kya.ku.wa.da.i.ji.na.ka.mo.da.yo
那個客人是我們重要的肥羊。

為什麼是鴨子？

由於鴨子是所有鳥類中較容易獵捕的，因此就把容易上當的人稱為鴨子。另外還有延伸出「鴨が葱を背負って来る（意外獲得好處）」這句諺語。日本有道叫做「鴨ねぎ（鴨蔥）」的料理，主要食材除了鴨肉以外，還需要蔥，因此當鴨子主動送上門，還順道把蔥帶來，就像是從天上掉下來的禮物一樣，絲毫不費吹灰之力。

能天気
（のうてんき）
no.o.te.n.ki

意思	輕率、隨性、欠考慮。
注意	還有「脳天気」、「能転気」、「のーてんき」等寫法。

例 能天気な人だな。
no.o.te.n.ki.na.hi.to.da.na
還真是個隨性的人。

空気を読む
（くうき　よ）
ku.u.ki.o.yo.mu

意思	察言觀色。
解説	「空気」：氣氛。 「読む」：解讀。

例 もっと空気を読む事を覚えてね。
mo.t.to.ku.u.ki.o.yo.mu.ko.to.o.o.bo.e.te.ne
你可要多懂得察言觀色才行喔。

反 空気読めない（俗稱的白目）

てんねん 天然
te.n.ne.n

意思　少根筋。

原句　「天然ボケ」的略稱。

　　　　「ボケ」：呆子；裝傻。

例　君は本当に天然キャラだな。
ki.mi.wa.ho.n.to.o.ni.te.n.ne.n.kya.ra.da.na
你還真是天然呆呢。

🎩 與生俱來的呆？

傻傻少根筋、帶點笨拙的模樣，時常無意識地製造笑點，這類型的人個性上較自然純真，通常讓人覺得討喜可愛，但是也會給人還像個孩子的印象。

いじられキャラ
i.ji.ra.re.kya.ra

意思　容易被開玩笑、捉弄的個性。

解說　「いじられ」＝ いじられる（被欺負）。
　　　　「キャラ」＝ キャラクター（character，性格）。

例　昔からいじられキャラだ。
mu.ka.shi.ka.ra.i.ji.ra.re.kya.ra.da
從以前就是扮演容易被人開玩笑的角色。

もうそうぞく
妄想族
mo.o.so.o.zo.ku

意思　愛幻想的人。

例　私たち妄想族 です。
wa.ta.shi.ta.chi.mo.o.so.o.zo.ku.de.su
我們是妄想族。

ふ　　し　ぎ
不思議ちゃん
fu.shi.gi.cha.n

意思　不可思議的人。

解説　「不思議」：不可思議。

　　　「ちゃん」：さん的暱稱。

例　不思議ちゃんは意外とモテる。
fu.shi.gi.cha.n.wa.i.ga.i.to.mo.te.ru
怪咖意外地受到歡迎。

來自於不可思議世界的人種？

特立獨行、言行舉止較易出乎人意料，擁有旁人難以理解的不可思議性格。雖然容易被認為「想法異於常人」，但是由於不屈不撓、獨特又有趣的個性也格外吸引人。電影『艾蜜莉的異想世界』中的女主角就是典型的「不思議ちゃん」代表。

爆弾
ばく だん
ba.ku.da.n

意思　指擾人的事物、行為。

例　彼女の爆弾発言で 皆 驚 いた。
かのじょ　ばくだんはつげん　みんなおどろ
ka.no.jo.no.ba.ku.da.n.ha.tsu.ge.n.de.mi.n.na.o.do.ro.i.ta
她驚人的發言把所有人都嚇壞了。

打たれ弱い
う　　　　よわ
u.ta.re.yo.wa.i

意思　抗壓性低。

解說　「打たれ」：抗壓；衝擊。
　　　　う
　　　　「弱い」：弱。
　　　　よわ

哇～
有石頭～

例　最近の子は打たれ弱い。
さいきん　こ　　う　よわ
sa.i.ki.n.no.ko.wa.u.ta.re.yo.wa.i
最近的小孩都很軟弱。

反　打たれ強い。
　　う　つよ

ヘタレ
he.ta.re

意思　懦弱。

解說　「へたる(無力；沒精神)」的變形。
　　　　為大眾媒體常用語。

要點占什麼?
吾…我…我想……

例　最近の子はヘタレだ。
さいきん　こ
sa.i.ki.n.no.ko.wa.he.ta.re.da
最近的小孩都很懦弱。

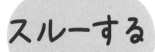

スルーする
su.ru.u.su.ru

意思 不在乎、無視。

解說 「**スルー**」＝ through（穿過；通過）。

例 嫌な事は**スルーする**。
i.ya.na.ko.to.wa.su.ru.u.su.ru
直接忽略討厭的事情。

類 無視

引きこもり
hi.ki.ko.mo.ri

意思 隱蔽青年。

解說 「**引き**」＝ 引く（退隱；抽離）。

「**こもり**」＝ 籠もる（隱蔽；退縮）。

例 弟 は 昔 引きこもりだった。
o.to.o.to.wa.mu.ka.shi.hi.ki.ko.mo.ri.da.t.ta
弟弟以前是隱蔽青年。

👲 **無法戰勝的恐懼？**

來自整體社會下的種種壓力，包括人際關係、工作成就等因素，其中「承受的壓力無法負荷而不願外出」、「厭倦工作或學校的人際關係問題」，有的甚至「妄想自己可能會遇害」等，因此逐漸開始逃避人群，足不出戶、不願意參與社會。

ニューハーフ

nyu.u.ha.a.fu

意思　變性人。

解說　「ニュー」= new（新）。

「ハーフ」= half（半）。

例　タイのニューハーフはきれいだ。
ta.i.no.nyu.u.ha.a.fu.wa.ki.re.i.da
泰國的變性人很美。

オネエ言葉

o.ne.e.ko.to.ba

意思　帶有娘娘腔的語調。

解說　「オネエ」= お姉（姐姐），在此指男大姊。

「言葉」：話；話語。

例　テレビでは毎日オネエ言葉が聞こえる。
te.re.bi.de.wa.ma.i.ni.chi.o.ne.e.ko.to.ba.ga.ki.ko.e.ru
每天在電視上常會聽到男大姊的娘娘腔語調。

姐姐說話的腔調？

指部分的日本男性，偏好使用女性專用語「そうなのよー」、「〜だわ」、「〜わよ」等，或是會特別毒舌、誇張，有禮貌、使用敬語等。而會用「オネエ言葉」的男同志則被稱為「オネエ（お姉）」，和女性時尚的「お姉系（成熟姐姐風）」沒有關係。

練習聽看看！

1 選選看：聽MP3，並從〔 〕中選出適當的單字

〔 **A.** ヘタレ **B.** カモ **C.** 天然 **D.** 引きこもり **E.** スルー 〕

① 危ない！もう少しで＿＿＿られるとこだった。

② その＿＿＿ボケは狙ってるの？

③ 前の男は＿＿＿すぎて話にならなかった。

④ ＿＿＿の時、夢中になって本を読んだ。

⑤ 太った？と言われ華麗に＿＿＿。

2 填填看：聽MP3，並在＿＿＿中填入適當的單字。

① 彼の＿＿＿＿＿は死んでも治らない。

② ＿＿＿＿＿はある意味美味しい。

③ ＿＿＿＿＿と女にモテないよ。

④ ＿＿＿＿＿な性格はあなたのいい所ね。

⑤ 彼ってほんと＿＿＿＿＿ないよね。

---

1 ① **B**--危險！差點就上當了。 ② **C**--是想故意裝傻搞笑嗎？ ③ **A**--之前那個男的太懦弱了，根本合不來。 ④ **D**--還是隱蔽青年時，很熱衷於閱讀。 ⑤ **E**--被說發福？於是巧妙的敷衍過去。

解

2 ① **自己チュー**--他那自我為中心的個性死都改不了。 ② **いじられキャラ**--常被大家捉弄的人其實很受關注。 ③ **セコい**--太小氣的話會不受女生歡迎喔。 ④ **能天気**--隨性的個性可是你的優點呢。 ⑤ **空気読め**--他啊還真的是很不懂得察言觀色耶。

答

Part 8
電視篇

ぶら下がり取材
bu.ra.sa.ga.ri.shu.za.i

意思 媒體包圍受訪者的採訪方式。

解說 「取材」：採訪。

為大眾媒體常用語。

例 小泉首相のぶら下がり取材。
ko.i.zu.mi.shu.sho.o.no.bu.ra.sa.ga.ri.shu.za.i
小泉首相站著接受訪問。

カメラ目線
ka.me.ra.me.se.n

意思 盯著鏡頭看。

解說 「カメラ」＝ camera（相機）。

「目線」：視線。

原句 「カメラを見る目線」的略稱。

例 首相がカメラ目線で話す。
shu.sho.o.ga.ka.me.ra.me.se.n.de.ha.na.su
首相對著鏡頭說話。

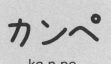

カンペ
ka.n.pe

意思 大字報。

解説 「**カン**」= カンニング（cunning，小抄；狡猾）。

「**ペ**」= ペーパー（paper，紙）。

原句 「カンニングペーパー（cunning paper）」
的略稱。

偷看大字報

例 あの政治家、カンペ読み過ぎだよ。
a.no.se.i.ji.ka、ka.n.pe.yo.mi.su.gi.da.yo
那個政治人物看大字報看得太過頭囉！

局アナ
きょく
kyo.ku.a.na

意思 主播。

解説 「**局**」= 放送局員（電視台播報員）。

「**アナ**」= アナウンサー（announcer，播報員）。

原句 「放送局員アナウンサー」的略稱。

例 局アナはまず顔で選ばれる。
きょく　　　　かお　えら
kyo.ku.a.na.wa.ma.zu.ka.o.de.e.ra.ba.re.ru
選主播都是先挑臉蛋。

お笑い芸人
わら　げいにん
o.wa.ra.i.ge.i.ni.n

意思 搞笑藝人。

解說 「お笑い」：讓客人發笑的技藝。

例 最近のテレビはお笑い芸人だらけ。
さいきん　　　　　　　　　　　わら　げいにん
sa.i.ki.n.no.te.re.bi.wa.o.wa.ra.i.ge.i.ni.n.da.ra.ke
最近電視上幾乎都是搞笑藝人。

ピン芸人
げいにん
pi.n.ge.i.ni.n

意思 單槍匹馬的搞笑藝人。

解說 「ピン」＝ 源自葡萄牙文「pinta」（點）。

其他 賭博用語中骰子上的一點就被稱為「ピン」。

例 今話題のピン芸人は楽しんごです。
いま わ だい　　　　げいにん　　　たの
i.ma.wa.da.i.no.pi.n.ge.i.ni.n.wa.ta.no.shi.n.go.de.su
現在最夯的單人搞笑藝人是快樂信吾。

ネタ
ne.ta

意思　搞笑用的段子。

解說　「たね（種）」倒著唸。

例　お笑い芸人のネタはもう飽きた。
o.wa.ra.i.ge.i.ni.n.no.ne.ta.wa.mo.o.a.ki.ta
我已經對搞笑藝人的段子感到厭倦了。

類 ギャグ

ギャラ
gya.ra

意思　通告費。

解說　「ギャラ」＝ギャランティー（guarantee，保證）。

例　お笑い芸人のギャラは少ない。
o.wa.ra.i.ge.i.ni.n.no.gya.ra.wa.su.ku.na.i
搞笑藝人的通告費很少。

反 ノーギャラ

ブレイクする
bu.re.i.ku.su.ru

意思 爆紅。

解說 「ブレイク」＝ break（爆紅；休息）。

例 今年ブレイクしたのは誰？
ko.to.shi.bu.re.i.ku.shi.ta.no.wa.da.re?
今年是誰爆紅？

いっぱつや
一発屋
i.p.pa.tsu.ya

意思 曾紅極一時，日後卻消聲匿跡的歌手、藝人或作家等。

解說 「屋」：人；店。

例 あのお笑い芸人は一発屋で終った。
a.no.o.wa.ra.i.ge.i.ni.n.wa.i.p.pa.tsu.ya.de.o.wa.t.ta
那個搞笑藝人爆紅後就消聲匿跡了。

だいこんやくしゃ
大根役者
da.i.ko.n.ya.ku.sha

意思 指沒有能力的主持人、演員。

解說 「大根」：白蘿蔔。
「役者」：演員。

例 あの大根役者はもう使わない。
a.no.da.i.ko.n.ya.ku.sha.wa.mo.o.tsu.ka.wa.na.i
那個演技差的演員現在已經沒人發他通告了。

ピンポ(ー)ン
pi.n.po.(o).n

意思	正確答案。
解說	出自英文「bing-bong」。
其他	也表示「門鈴聲」。

例 ピンポーン！正解でーす。
せいかい
pi.n.po.o.n!se.i.ka.i.de.e.su
叮咚！答對了。

セレブ
se.re.bu

意思	名人、名流。
原句	「セレブリティ(celebrity)」的略稱。

例 叶姉妹は自称セレブだ。
かのう しまい   じ しょう
ka.no.o.shi.ma.i.wa.ji.sho.o.se.re.bu.da
叶姊妹自稱為名媛。

Vシネマ
bu.i.shi.ne.ma

意思	專門製作成影帶、DVD商品的電影。
解說	「V」= video(ビデオ，錄影帶；影片)。 「シネマ」= cinema(電影)。
其他	也可唸成「Vシネ」。
注意	較為負面，大多會使人聯想到成人影片。

例 あの女優は昔Vシネマに出てた。
じょゆう   むかし   で
a.no.jo.yu.u.wa.mu.ka.shi.bu.i.shi.ne.ma.ni.de.te.ta
那個女演員以前曾拍過DVD電影。

意思	無碼A片。
解説	「裏」：內幕，此指違法，未經馬賽克處理。
	「ビデオ」= video（影片）。

例 友達に裏ビデオを借りた。
to.mo.da.chi.ni.u.ra.bi.de.o.o.ka.ri.ta
向朋友借了A片。

意思	節目宣傳。
解説	「番」= 番組（節目）。
	「宣」= 宣伝（宣傳）。
原句	「番組宣伝」的略稱。

例 番宣で藤木直人が出演した。
ba.n.se.n.de.fu.ji.ki.na.o.hi.to.ga.shu.tsu.e.n.shi.ta
節目邀請藤木直人來作宣傳。

意思	星期一晚上九點檔。
解説	「月」= 月曜日（星期一）。
	「9」= 9時（九點）。
其他	也可唸成「げっく」。

例 月9は一番視聴率の取れる時間だ。
ge.tsu.ku.wa.i.chi.ba.n.shi.cho.o.ri.tsu.no.to.re.ru.ji.ka.n.da
星期一晚上的九點檔是收視率的黃金時段。

ラテ欄
ra.te.ra.n

| 意思 | 電台、電視節目表。 |

解説	「ラ」＝ ラジオ（radio，電台）。
	「テ」＝ テレビ（television，電視）。
	「欄」＝ 番組欄（節目表）。

| 原句 | 「ラジオ、テレビ番組欄」的略稱。 |

例 新聞はラテ欄しか読まない。
shi.n.bu.n.wa.ra.te.ra.n.shi.ka.yo.ma.na.i
我只讀報紙上的節目表。

地デジ
chi.de.ji

| 意思 | 無線數位電視系統。 |

| 解説 | 「地」＝ 地上（地面電波）。 |
| | 「デジ」＝ デジタル（digital，數位）。 |

| 原句 | 「地上デジタルテレビ放送」的略稱。 |

例 地デジ対応のテレビを買った。
chi.de.ji.ta.i.o.o.no.te.re.bi.o.ka.t.ta
買了專門針對無線數位系統的電視機。

ロケハン
ro.ke.ha.n

| 意思 | 尋找拍攝地點。 |

| 解說 | 「**ロケ**」＝ ロケーション（location，地點）。 |
「**ハン**」＝ ハンティング
（hunting，尋找；狩獵）。

例 **ロケハンで北海道に行った。**
ほっかいどう　い
ro.ke.ha.n.de.ho.k.ka.i.do.o.ni.i.t.ta
到北海道勘景。

くち
口パク
ku.chi.pa.ku

| 意思 | 對嘴。 |

| 解說 | 「**口**」：嘴巴。 |
くち
「**パク**」＝ パクパク（嘴巴一張一合）。

例 **あの歌手が口パクなのは有名だ。**
かしゅ　くち　　　　　　　ゆうめい
a.no.ka.shu.ga.ku.chi.pa.ku.na.no.wa.yu.u.me.i.da
那個歌手對嘴演唱已經是眾所皆知了。

イントロ
i.n.to.ro

意思　前奏；序。

原句　「イントロダクション（introduction）」的略稱。

例　この曲、イントロ長過ぎるよね。
ko.no.kyo.ku、i.n.to.ro.na.ga.su.gi.ru.yo.ne
這首歌的前奏也太長了吧。

ハモる
ha.mo.ru

意思　合唱、合音。

原句　「ハーモニー（harmony，和睦；融洽）」的略稱。

其他　也指與人相處融洽的意思。

例　カラオケでハモるとかっこいい。
ka.ra.o.ke.de.ha.mo.ru.to.ka.k.ko.i.i
卡拉OK唱到合音時感覺很讚！

 練習聽看看！

1 選選看：聽MP3，並從〔 〕中選出適當的單字

〔 **A.** 一発屋　**B.** ギャラ　**C.** ネタ　**D.** 地デジ　**E.** セレブ〕

① あの_____はいつ聞いても面白い。

② 最近ブレイクしたので_____もアップした。

③ お金持ちと結婚して_____の仲間入りした。

④ _____で終らない様に頑張ろう。

⑤ _____化で女優の皺も隠せなくなった。

2 填填看：聽MP3，並在_____中填入適當的單字。

① アナウンサーは必ず_____だ。

② 覚えられないので_____を用意する。

③ _____のアイドル化が進んでいる。

④ _____はリアクションが命。

⑤ 十年目でやっと_____した。

解答

1 ① **C**--那個段子不管什麼時候聽都好笑。　② **B**--最近因為爆紅所以通告費也順勢看漲。　③ **E**--和有錢人結婚，擠身為名人貴婦團。　④ **A**--為了不成為紅極一時的藝人，所以一起努力吧。　⑤ **D**--無線電視數位化後，螢幕上女演員的皺紋也藏不住了。

2 ① **カメラ目線**--播報員一定要盯著螢幕說話。　② **カンペ**--因為記不住台詞，所以準備大字報。　③ **局アナ**--從主播轉為明星的現象逐漸趨勢化。　④ **お笑い芸人**--對搞笑藝人而言做出引人發笑的反應非常重要。　⑤ **ブレイク**--經過十年的努力，總算出頭天。

Part 9

興趣篇

ジャケ買い

ja.ke.ga.i

| 意思 | 衝著包裝而買的CD、書等。 |
| 解說 | 「ジャケ」＝ジャケット(jacket，封套)。 |

例 外国のアルバムをジャケ買いした。
ga.i.ko.ku.no.a.ru.ba.mu.o.ja.ke.ga.i.shi.ta
衝著包裝買了國外的專輯。

ダフ屋

da.fu.ya

| 意思 | 黃牛。 |
| 解說 | 「ダフ」＝フダ(票)倒著念。 |

例 会場の周りにダフ屋が大勢居た。
ka.i.jo.o.no.ma.wa.ri.ni.da.fu.ya.ga.o.o.ze.i.i.ta
在會場的周圍聚集了許多黃牛。

お
追っかけ
o.k.ka.ke

意思 追星。

例 私 は山Pの追っかけをしている。
wa.ta.shi.wa.ya.ma.pi.i.no.o.k.ka.ke.o.shi.te.i.ru
我是迷山下智久的超級追星族。

ファンミ
fa.n.mi

意思 粉絲見面會。

解説 「ファン」= fan（～迷）。
「ミーティング」= meeting
（集會；會面）。

かんりゅう
例 韓流 スターはよくファンミを開く。
ka.n.ryu.u.su.ta.a.wa.yo.ku.fa.n.mi.o.hi.ra.ku
韓國明星常常舉辦粉絲見面會。

フェチ

fe.chi

| 意思 | 癖好。 |

| 解說 | 「フェチ」＝フェティシズム |
| | （fetishism，癖好）。 |

例 私の彼女は匂いフェチだ。
wa.ta.shi.no.ka.no.jo.wa.ni.o.i.fe.chi.da
我的女朋友對氣味有特殊癖好。

マニア

ma.ni.a

| 意思 | 瘋狂、狂熱。 |

| 解說 | 出自英文的「mania」（～狂；～癖）。 |

例 彼は鉄道マニアだ。
ka.re.wa.te.tsu.do.o.ma.ni.a.da
他是鐵道迷。

オタク
o.ta.ku

意思 御宅族。

解說 「オ」＝御(尊稱)。

「タク」＝宅(家)。

例 彼はガンダムオタクだ。
ka.ra.wa.ga.n.da.mu.o.ta.ku.da
他是很迷鋼彈的宅男。

1970年誕生的名詞,用來形容喜愛次文化的人的總稱。大多指對動漫、電玩等相當熱衷的族群。

哪裡不同?? 「ファン」、「フェチ」、「マニア」、「オタク」:

＊「ファン」：對一般人事物的喜好展現熱情,也就是我們常說的粉絲,範圍包括影迷、歌迷、球迷…等。

＊「フェチ」：執著或偏愛某種特徵、情況等。例如:香味、身體某些部位、穿著等。

＊「マニア」：對擅長的事物或對特定興趣會不斷深入鑽研、收集相關物品成為收藏狂等。例如:鐵道、時尚、音樂等。

＊「オタク」：普遍指對次文化或特定興趣相當熱衷,卻欠缺其他領域知識及社交性。通常會與動畫、漫畫、電玩等聯想在一起。

「マニア」與「オタク」的差別在於前者說法較為正面,後者則較為負面。
著迷程度,「オタク」＞「マニア」＞「フェチ」＞「ファン」;
性格外向至內向程度「ファン」＞「フェチ」＞「マニア」＞「オタク」。

腐女子
fu.jo.shi

意思 | 喜愛BL(男男愛情)作品、或是對現實中
男性產生遐想的女生。

例　私 はヘタリア大好きな腐女子です。
wa.ta.shi.wa.he.ta.ri.a.da.i.su.ki.na.fu.jo.shi.de.su
我是喜歡義呆利的腐女。

～にはまる
ni.ha.ma.ru

意思 | 熱衷於～。

解說 | 大多用在愛情、興趣上。

例　最近涼宮ハルヒにはまった。
sa.i.ki.n.su.zu.mi.ya.ha.ru.hi.ni.ha.ma.t.ta
我最近迷上《涼宮春日》。

ガチャガチャ
ga.cha.ga.cha

意思 | 扭蛋。

解說 | 旋轉扭蛋時所發出的聲音。

例　ガチャガチャは子供の 宝 箱だ。
ga.cha.ga.cha.wa.ko.do.mo.no.ta.ka.ra.ba.ko.da
扭蛋是小朋友的寶盒。

れきじょ
歴女
re.ki.jo

意思	喜愛歷史及相關文學作品的女性。
解說	「歴」＝「歴史」。
原句	「歴史好きな女性」的略稱。

例 歴女のオフ会で京都に行った。
re.ki.jo.no.o.fu.ka.i.de.kyo.o.to.ni.i.t.ta
到京都參加歴女的網聚。

おとな　が
大人買い
o.to.na.ga.i

意思	一口氣買下全套商品。
解說	「大人」：成人。
	「買い」＝買う（買）。

例 給料日なのでDVDを大人買いした。
kyu.u.ryo.o.bi.na.no.de.di.i.bu.i.di.i.o.o.to.na.ga.i.shi.ta
因為是發薪日所以一口氣買了全套DVD。

類 箱買い、ケース買い

特別指食玩等針對兒童所開發的商品。大多數的理由是因為想彌補孩提時期未能得到滿足的遺憾，因此長大有經濟能力時，就會想一次實現童年的願望。

抱き枕
da.ki.ma.ku.ra

| 意思 | 抱枕。 |

| 解説 | 「抱き」＝抱く（抱）。 |

例 寂しいので抱き枕を抱いて寝る。
sa.bi.shi.i.no.de.da.ki.ma.ku.ra.o.da.i.te.ne.ru
因為寂寞所以抱著抱枕睡覺。

癒し系
i.ya.shi.ke.i

| 意思 | 療癒系。 |

例 彼女は癒し系だ。
ka.no.jo.wa.i.ya.shi.ke.i.da
她很療癒。

 指能給予人心理上安全感的人事物。例如：「癒し系アイドル（療癒系偶像）」等。

メイドカフェ
me.i.do.ka.fe

意思	女僕咖啡店。
解説	「**メイド**」= maid（女僕）。
	「**カフェ**」= cafe（咖啡店）。

例 **アキバのメイドカフェにはまった。**
a.ki.ba.no.me.i.do.ka.fe.ni.ha.ma.t.ta
最近很愛去秋葉原的女僕咖啡店。

類 執事カフェ（男僕咖啡店）
しつじ

も
萌える
mo.e.ru

意思	對動漫、電玩角色產生迷戀時的用語。
解説	「**萌える**」原指萌生嫩芽的意思。

例 **あのアニメキャラはかなり萌えるね。**
a.no.a.ni.me.kya.ra.wa.ka.na.ri.mo.e.ru.ne
那個卡通角色好萌喔。

1990年左右開始在動漫迷之間開始使用的用語。當初所指的對象也以動漫角色為主。
是用來表示對於某人事物，懷抱著好感、慾望、熱情。也有作為感嘆詞的用法。

噛ませ犬

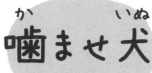

ka.ma.se.i.nu

| 意思 | 陪襯者。 |

| 解説 | 「噛ませ」= 噛ませる（被咬）。 |

「犬」：狗。

原為鬥犬用語，在此指漫畫中陪襯主角的角色。

例 ボクシングのかませ犬はもう嫌だ。
bo.ku.shi.n.gu.no.ka.ma.se.i.nu.wa.mo.o.i.ya.da
我已經厭倦當拳擊場上的陪襯者了。

コスプレ

ko.su.pu.re

| 意思 | 角色扮演。 |

| 解説 | 「コス」= コスチューム（costume，戲服）。 |

「プレ」= play（玩）。

例 コミケで孫悟空のコスプレを見た。
ko.mi.ke.de.so.n.go.ku.u.no.ko.su.pu.re.o.mi.ta
在漫博會上看到有人扮孫悟空。

コミケ
ko.mi.ke

| 意思 | 漫畫博覽會。 |

| 解說 | 「コミ」= コミック（comic，漫畫）。
「ケ」= マーケット（market，市場）。 |

| 原句 | 「コミックマーケット
（comic market）」的略稱。 |

例 コミケはオタクの祭典(さいてん)だ。
ko.mi.ke.wa.o.ta.ku.no.sa.i.te.n.da
漫畫博覽會是阿宅們的祭典。

 練習聽看看！

1 選選看：聽MP3，並從〔 〕中選出適當的單字

〔 **A**.コミケ **B**. コスプレ **C**. メイドカフェ **D**. 萌える **E**. ダフ屋 〕

① _____から安くチケットを買った。

② セーラー服のコスプレに思わず_____。

③ 初めての_____は綾波レイだった。

④ _____で同人誌を大人買いした。

⑤ _____でバイトしてみたい。

2 填填看：聽MP3，並在_____中填入適當的單字。

① _____を大人買いした。

② 手_____の私は街で手ばっかり見ている。

③ ジャニーズの_____が私の生き甲斐。

④ 彼は軍事_____でいつも迷彩服を着ている。

⑤ ワンピース_____漫画を全巻揃えた。

解

1 ① **E**--從黃牛那裡買到便宜的票。 ② **D**--水手服裝最萌。 ③ **B**--第一次玩角色扮演是扮綾波零。 ④ **A**--在漫畫博覽會上一口氣買了全套同人誌漫畫。 ⑤ **C**--想在女僕咖啡廳打工。

答

2 ① **ガチャガチャ**--我買了全套扭蛋商品。 ② **フェチ**--有戀手癖的我在街上眼裡只有手。 ③ **追っかけ**--掌握傑尼斯任何動態是我的生存價值。 ④ **マニア**--他是軍事迷，老穿著迷彩服。 ⑤ **にはまって**--因為很迷航海王，所以買了全套漫畫。

Part 10
生活
用語篇

搞什麼

ぶっちゃけ
bu.c.cha.ke

| 意思 | 老實說。 |
| 解說 | 「打ち明ける」的變化形。 |

例 ぶっちゃけあの子マジでタイプだ。
bu.c.cha.ke.a.no.ko.ma.ji.de.ta.i.pu.da
老實說那個女生是我的菜。

うざい
u.za.i

| 意思 | 厭煩；不悅。 |
| 原句 | 「うざったい」的略稱。 |

例 とりあえずなんか色々うざい。
to.ri.a.e.zu.na.n.ka.i.ro.i.ro.u.za.i
總之一堆鳥事讓人覺得厭煩。

吹く
fu.ku

| 意思 | 噗嗤一笑。 |

例 可笑しくて思わず吹いちゃった。
o.ka.shi.ku.te.o.mo.wa.zu.fu.i.cha.t.ta
太有趣了不小心就笑了出來。

ツボ
tsu.bo

意思 (笑、哭)點。

其他 也有穴道的意思。

例 ツボにはまって笑<small>わら</small>いが止<small>と</small>まらない。
tsu.bo.ni.ha.ma.t.te.wa.ra.i.ga.to.ma.ra.na.i
一戳到笑點就會笑個不停。

図<small>ず</small>星<small>ぼし</small>
zu.bo.shi

意思 被說中(正中紅心)。

解說 原指箭靶的中心點。

例 彼女<small>かのじょ</small>に図星<small>ずぼし</small>を突<small>つ</small>かれドキッとした。
ka.no.jo.ni.zu.bo.shi.o.tsu.ka.re.do.ki.t.to.shi.ta
被女朋友說中，嚇了一跳！

い み ふ めい
意味不明
i.mi.fu.me.i

意思 意思不明確。

解説 「意味」：意思。
い み

例 意味不明な事を言うんじゃない！
い み ふ めい こと い
i.mi.fu.me.i.na.ko.to.o.i.u.n.ja.na.i
不要說一些莫名其妙的話。

び みょう
微妙
bi.myo.o

意思 很難講。

例 その髪型微妙だね。
かみがた び みょう
so.no.ka.mi.ga.ta.bi.myo.o.da.ne
那個髮型真妙。

アウェー
a.we.e

意思 指在對方（敵方）領土決勝負。

解說 出自英文「away」（離開），
在此指到對方地盤的意思。

例 完全にアウェーだね。
かんぜん
ka.n.ze.n.ni.a.we.e.da.ne
比賽場地完全沒有主場優勢。

プチ〜
pu.chi

意思 小、少、些微。

解說 出自法文「peti」。

例 気分転換に**プチ**整形をした。
ki.bu.n.te.n.ka.n.ni.pu.chi.se.i.ke.i.o.shi.ta
為了轉換心情所以動了點小手術。

てっぱん
鉄板
te.p.pa.n

意思 一定要的、肯定是。

解說 原為賭博用語。

太好吃啦

例 この店の味は**鉄板**だよ。
ko.no.mi.se.no.a.ji.wa.te.p.pa.da.yo
這家店口味一流。

😃 絕無冷場？

由於「鐵板」本身有硬、堅固的印象，在賭博或是日本搞笑界時常被使用。例如在形容某位搞笑藝人的ギャグ（段子）很好笑時，就可以說他的段子是「**鉄板**ギャグ（很有梗）」。

ガチンコ
ga.chi.n.ko

意思　認真對決。

解說　源自於相撲用語。

例　ガチンコ 勝 負しようぜ。
ga.chi.n.ko.sho.o.bu.shi.yo.o.ze
來認真決勝負吧！

🐻 代表奮力交戰的聲音？

是源自於日本相撲力士全力以赴進行交戰時發出的「ガチン！」聲，因此被用來表示認真對決的意思。

ガチ
ga.chi

意思　來真的、真的、認真的。

常用　後面通常都接「～で」。

原句　「ガチンコ」的略稱。

例　この問題はガチで 難 しい。
ko.no.mo.n.da.i.wa.ga.chi.de.mu.zu.ka.shi.i
這個問題真的很難。

類 マジ

しょっぱい
sho.p.pa.i

意思　氣勢很弱、丟臉。

例　しょっぱい 試合だな。
sho.p.pa.i.shi.a.i.da.na
真是場難看的比賽。

🐻 怎麼這麼鹹？

「しょっぱい」出自相撲力士在土俵上撒鹽的動作。「しょっぱい」也常被用在職業摔角等格鬥技上。另外，在藝能界中也很普遍，譬如不好笑的搞笑藝人就稱為「しょっぱい芸人」。

リベンジ
ri.be.n.ji

意思 雪恥。

解說 出自英文「revenge」。

例 前回の敗戦のリベンジだ。
ze.n.ka.i.no.ha.i.se.n.no.ri.be.n.ji.da
這次要一雪前恥！

鬼のように
おに
o.ni.no.yo.o.ni

意思 非常、相當。

解說 「～ように」：像～一樣。

例 彼女の為に鬼の様に働いた。
ka.no.jo.no.ta.me.ni.o.ni.no.yo.o.ni.ha.ta.ra.i.ta
為了她努力地工作。

類 めちゃ

勝ち組
か　　ぐみ
ka.chi.gu.mi

永遠的勝者！

意思 贏家。

例 医者は勝ち組だ。
i.sha.wa.ka.chi.gu.mi.da
醫生是人生勝利組。

類 負け組

👒 誰才是真正的贏家？

1990年隨著格差社會(貧富階級M型化)的名詞產生，強烈的貧富差距對比下出現的人生勝負論，無論是社會地位、經濟能力、甚至是愛情方面，(例如：女生三十歲後仍未婚，就稱為敗犬等)，分勝負似乎成了日本當前的社會現象。

はん ぱ
半端ない
ha.n.pa.na.i

意思	很～、非常。
解説	「半端」： 中途。
	「ない」：不～；沒有。
原句	「半端じゃない」的略稱。

例　あいつの能力マジで半端ないな。
a.i.tsu.no.no.o.ryo.ku.ma.ji.de.ha.n.pa.na.i.na
那傢伙的能力實在是太強了。

だん
断トツ
da.n.to.tsu

意思	遙遙領先、獨占鰲頭。
解説	「断」＝ 断然（絕對）。
	「トツ」＝トップ（top，頂端）。

例　学校の成績では私が断トツ一位だ。
ga.k.ko.o.no.se.i.se.ki.de.wa.wa.ta.shi.ga.da.n.to.tsu.i.chi.i.da
在校成績我可是獨占鰲頭。

ちょろい
cho.ro.i

意思	小意思或做事想法太天真。

例　勉強なんてちょろいもんだぜ。
be.n.kyo.o.na.n.te.cho.ro.i.mo.n.da.ze
讀書根本就是小意思。

いっぱいいっぱい
i.p.pa.i.i.p.pa.i

| 意思 | 極限。 |

| 解説 | 「いっぱい」：滿滿。 |

例 本当はいっぱいいっぱいだ。
ho.n.to.o.wa.i.p.pa.i.i.p.pa.i.da
真的已經是極限了。

ありえない
a.ri.e.na.i

| 意思 | 不可能。 |

例 彼と別れるなんて有り得ない。
ka.re.to.wa.ka.re.ru.na.n.te.a.ri.e.na.i
無法想像會和他分手。

不可能！

反 有り得る

む　り
無理くり
mu.ri.ku.ri

| 意思 | 強迫、勉強。 |

| 解説 | 原本為北海道～青森一帶所使用的方言。和「無理矢理」的用法相同。 |

例 無理くり予定を変更した。
mu.ri.ku.ri.yo.te.i.o.he.n.ko.o.shi.ta
勉強改變計畫。

ガテン系
けい
ga.te.n.ke.i

意思	工人。
解説	「ガテン」：日本求職情報誌「ガテン」。
注意	泛指所有勞工階級。

例 ガテン系のバイトで必死に稼いだ。
けい　　　　　　　　　ひっし　　かせ
打零工努力賺錢。

- -

キャピキャピ
kya.pi.kya.pi

| 意思 | 活力充沛、情緒High。 |
| 注意 | 通常指10〜20歲的少女。 |

例 キャピキャピした女は苦手だ。
　　　　　　　　　おんな　にが て
kya.pi.kya.pi.shi.ta.o.n.na.wa.ni.ga.te.da
我無法接受過high的女生。

意思　指10〜20歳的少女或該
年齡層女性特有的氣質。

解說　出自英文口語說法「gal」（女孩）。

其他　俗稱辣妹。

ギャル
gya.ru

例 地味な 女 の子がギャルに変身した。
ji.mi.na.o.n.na.no.ko.ga.gya.ru.ni.he.n.shi.n.shi.ta
原本很樸素的女生一下變身成辣妹了。

ヤンキー
ya.n.ki.i

意思　不良少年。

解說　出自英文「yankee」（美國人的俗稱）。

例 ヤンキーに金をカツ上げされた。
ya.n.ki.i.ni.ka.ne.o.ka.tsu.a.ge.sa.re.ta
被不良少年勒索。

レディース
re.di.i.su

意思　女飆車族。

解說　出自英文「ladies」（女士）。

例 レディースはなかなか抜けられない。
re.di.i.su.wa.na.ka.na.ka.nu.ke.ra.re.na.i
似乎無法脫離女飆仔的行列。

ネズミ捕り
ne.zu.mi.to.ri

意思	抓超速。
解説	「ネズミ」：老鼠。
	「捕り」＝捕る（獵捕）。

例　警察のネズミ捕りに捕まった。
ke.i.sa.tsu.no.ne.zu.mi.to.ri.ni.tsu.ka.ma.t.ta
被警察的測速器抓到超速。

キセル
ki.se.ru

意思	搭車逃票。
解説	原為煙斗的意思。
原句	「キセル 乗車」的略稱。

例　キセルは犯罪です。
ki.se.ru.wa.ha.n.za.i.de.su
搭車逃票是違法的。

根性焼き
ko.n.jo.o.ya.ki

意思	被菸頭燙傷的痕跡。
解説	「根性」：本質；本性。
	「焼き」＝焼く（燒；烤）。

例　ヤンキーに根性焼きを入れられた。
ya.n.ki.i.ni.ko.n.jo.o.ya.ki.o.i.re.ra.re.ta
被流氓用菸頭燙傷了。

ボコボコにする
bo.ko.bo.ko.ni.su.ru

|意思| 拳打腳踢。

例 調子乗ってたらボコボコにするぞ！
cho.o.shi.no.t.te.ta.ra.bo.ko.bo.ko.ni.su.ru.zo
太得意忘形的話小心我揍你喔！

〜まくる
ma.ku.ru

|意思| 猛烈〜。

例 ヤンキーが怖いので逃げまくった。
ya.n.ki.i.ga.ko.wa.i.no.de.ni.ge.ma.ku.t.ta
流氓太可怕了所以拼了命地逃開。

ピッキング
pi.k.ki.n.gu

|意思| 撬鎖、扒竊。

|解説| 出自英文「picking」。

例 ピッキングで車内の物を盗まれた。
pi.k.ki.n.gu.de.sha.na.i.no.mo.no.o.nu.su.ma.re.ta
車門被撬開，車上的東西都被偷走了。

やみ きん
闇金
ya.mi.ki.n

意思 高利貸。

解說 「闇」：暗。

原句 「闇金融」的略稱。

例 闇金で金を借りてあっぷあっぷだ。
ya.mi.ki.n.de.ka.ne.o.ka.ri.te.a.p.pu.a.p.pu.da
向地下錢莊借錢，現在已經走投無路了。

きん
サラ金
sa.ra.ki.n

意思 信貸借款。

解說 「サラ」＝サラリーマン
（salaried man，受薪階層）。

原句 「サラリーマン金融」的略稱。

例 サラ金の御利用は計画的に。
sa.ra.ki.n.no.go.ri.yo.o.wa.ke.i.ka.ku.te.ki.ni
信貸借款必須計畫性的運用。

ヨイショ
yo.i.sho

意思 煽動對方。

例 上司をヨイショする。
jo.o.shi.o.yo.i.sho.su.ru
拍上司馬屁。

振り込め詐欺
fu.ri.ko.me.sa.gi

| 意思 | 轉帳詐騙。 |

| 解説 | 「振り込め」＝振り込む(匯錢)。 |

例 振り込め詐欺に注意してください。
fu.ri.ko.me.sa.gi.ni.chu.u.i.shi.te.ku.da.sa.i
請注意轉帳詐騙。

パクリ
pa.ku.ri

| 意思 | 盗取；抄襲。 |

例 このブランドはパクリブランドだね。
ko.no.bu.ra.n.do.wa.pa.ku.ri.bu.ra.n.do.da.ne
這個牌子應該是山寨版的吧。

フォーク並び
fo.o.ku.na.ra.bi

| 意思 | 大排長龍。 |

| 解説 | 「フォーク」＝fork(叉子)。
「並び」＝並ぶ(排隊)。 |

| 注意 | 通常指排ATM、業務窗口或公共廁所等。 |

例 フォーク並びで割り込み防止。
fo.o.ku.na.ra.bi.de.wa.ri.ko.mi.bo.o.shi
防止大排長龍時有人插隊。

指排隊隊形像叉子一樣，從一個
隊形分歧成複數隊形。

141

ピン札

さっ

pi.n.sa.tsu

| 意思 | 新鈔。 |

例 お金を渡す時はピン札が望ましい。
o.ka.ne.o.wa.ta.su.to.ki.wa.pi.n.sa.tsu.ga.no.zo.ma.shi.i
拿到錢時希望是新鈔。

バレバレ

ba.re.ba.re

| 意思 | 想隱瞞，卻被發現。 |

| 解說 | 「バレ」＝ばれる（拆穿）。 |
| | 疊字為加強語氣。 |

| 注意 | 除了被用來揶揄他人，也可當自嘲用。 |

例 嘘ついても顔でバレバレだよ。
u.so.tsu.i.te.mo.ka.o.de.ba.re.ba.re.da.yo
看臉就知道在說謊。

訳あり

わけ

wa.ke.a.ri

| 意思 | 有特殊原因。 |

| 解說 | 「訳」：事情；理由。 |
| | 「あり」＝ある（有）。 |

例 訳ありなのでこの低価格！
wa.ke.a.ri.na.no.de.ko.no.te.i.ka.ka.ku
價錢這麼低肯定有問題。

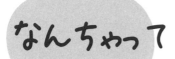

なんちゃって
na.n.cha.t.te

| 意思 | 騙你的啦。 |
| 解說 | 「なんて言っちゃって」變化而來。 |

「**なんて**」：怎麼會…（感到意外、疑惑）。

「**言っちゃって**」：言う＋ちゃう。

| 其他 | 也有仿冒的意思，例：「なんちゃってブランド」（仿冒品）。 |

例　好きだよ、なんちゃって。
su.ki.da.yo、na.n.cha.t.te
說喜歡是騙你的。

ダメ元
da.me.mo.to

| 意思 | 失敗了也沒差。 |
| 解說 | 「**ダメ**」：不行。 |

「**元**」＝「**元々**」（原本）。

| 原句 | 「ダメで元々」的略稱。 |

例　ダメ元で告白してみるよ。
da.me.mo.to.de.ko.ku.ha.ku.shi.te.mi.ru.yo
即使會失敗，我都要告白看看。

或許奇蹟會發生？

抱著一種反正會失敗，倒不如試試看的想法。做或不做答案都一樣，豁出去搞不好還會出現令人出乎意料的結果。

21

シカトする
shi.ka.to.su.ru

| **意思** | 刻意忽視。 |

解說　「シカ」＝ 鹿。
　　　　「ト」＝ 十。
　　　　原為賭博用語。

原句　「鹿の十」的略稱。

例　うざい奴はシカトする。
u.za.i.ya.tsu.wa.shi.ka.to.su.ru
直接忽略煩人的傢伙。

冷漠的鹿？

源自日本的傳統紙牌遊戲—「花札（花牌）」，卡片上畫有12個月份的花草，每種各4張，整組48張。其中代表10月的花牌上一隻撇著頭的鹿，看來就像是刻意別開視線，因此才有「シカトする」這個說法。

ストライクゾーン
su.to.ra.i.ku.zo.o.n

全部沒問題～

| **意思** | 容許範圍。 |

解說　「ストライク」＝ strike（打；擊）。
　　　　「ゾーン」＝ zone（地區）。
　　　　原為棒球用語中的好球帶。

例　私のストライクゾーンは広いよ。
wa.ta.shi.no.su.to.ra.i.ku.zo.o.n.wa.hi.ro.i.yo
我的接受範圍很廣喔！

ぱっと見
pa.t.to.mi

意思	猛然一看。
解説	「ぱっと」：瞬間；猛然。 「見」＝見る(看)。

例　ぱっと見は悪くないよ。
pa.t.to.mi.wa.wa.ru.ku.na.i.yo
猛一看還不差。

ガン見する
ga.n.mi.su.ru

意思	死盯。
解説	「ガン」＝ガンガン(猛；卯起來)。
原句	「ガンガン見る」的略稱。

例　街でかわいい子をガン見する。
ma.chi.de.ka.wa.i.i.ko.o.ga.n.mi.su.ru
在路上一直盯著可愛女生看。

上から目線
u.e.ka.ra.me.se.n

意思	傲慢自負的態度、說話方式。
解説	「目線」：目光。

例　その上から目線が気に喰わない。
so.no.u.e.ka.ra.me.se.n.ga.ki.ni.ku.wa.na.i
那種傲慢自負的態度真討厭。

億ション
おく

o.ku.sho.n

意思　指價值上億日圓的豪宅。

解說　「ション」＝マンション
　　　（mansion，高級公寓）。

例　成功して今は億ションに住んでるよ。
　　せいこう　　　　いま　おく　　　　　　　　　す
　　se.i.ko.o.shi.te.i.ma.wa.o.ku.sho.n.ni.su.n.de.ru.yo
　　奮鬥成功後現在住在上億豪宅裡。

在台灣，最有名的代表就是帝寶。

地味に
じ　み

ji.mi.ni

意思　不顯眼、未經裝飾。

解說　「地味」：樸素；暗淡。
　　　じ　み

例　彼女地味にかわいいよね。
　　かのじょじ　み
　　她雖然看起來很普通但卻散發種可愛氣息。

目力
め ぢ から
me.ji.ka.ra

|意思| 眼神。

|解説| 「目（め）」：眼睛。

例 彼の目力に吸い込まれた。
ka.re.no.me.ji.ka.ra.ni.su.i.ko.ma.re.ta
被他的眼神所吸引。

ドル箱
ばこ
do.ru.ba.ko

|意思| 金主、搖錢樹。

|解説| 「ドル」= dollar（美元）。
疊字為加強語氣。

例 彼女（かのじょ）は事務所（じむしょ）のドル箱（ばこ）スターだ。
ka.no.jo.wa.ji.mu.sho.no.do.ru.ba.ko.su.ta.a.da
她是事務所裡的搖錢樹。

ダサい
da.sa.i

|意思| 俗氣、不入流。

例 彼氏（かれし）の服装（ふくそう）がダサイ。
ka.re.shi.no.fu.ku.so.o.ga.da.sa.i
他穿得很俗氣。

類 田舍臭（いなかくさ）い

147

意思 家庭餐廳。

解說 「**ファミ**」＝ファミリー（family，家庭）。
「**レス**」＝レストラン（restaurant，餐廳）。

原句 「ファミリーレストラン（family restaurant）」
的略稱。

例 家族とファミレスに行った。
ka.zo.ku.to.fa.mi.re.su.ni.i.t.ta
和家人到家庭餐廳吃飯。

意思 平均分攤。

解說 「**割り**」＝割前（分配）。
「**勘**」＝勘定（結帳）。

原句 「割前勘定」的略稱。

例 じゃあ、ここは割り勘で。
ja.a、ko.ko.wa.wa.ri.ka.n.de
那麼我們平均分攤。

意思 受您招待了。

解說 「**ゴチ**」＝ご馳走（款待）。

注意 正確說法為「ご馳走になる」。

例 すみません！ゴチになります！
su.mi.ma.se.n!go.chi.ni.na.ri.ma.su!
不好意思！讓您破費了。

顔パス（かお）
ka.o.pa.su

意思	特別待遇。
解説	「顔（かお）」：臉，在此指有名望、地位的人。 「パス」＝ pass（通過）。

例 この店は顔パスだよ。
ko.no.mi.se.wa.ka.o.pa.su.da.yo
這間店有特別待遇。

クレーマー
ku.re.e.ma.a

意思	以客訴的方式獲取利益的人。
解説	出自英文「claimer」。

例 クレーマー処理（しょり）は精神（せいしん）を患（わずら）う。
ku.re.e.ma.a.sho.ri.wa.se.i.shi.n.o.wa.zu.ra.u
處理奧客問題，精神都要出毛病了。

也就是我們常說的「奧客」。

ご当地（とうち）
go.to.o.chi

意思	當地特有的。

例 ご当地（とうち）ラーメンを食（た）べに行こうよ。
go.to.o.chi.ra.a.me.n.o.ta.be.ni.i.ko.o.yo
去品嚐道地的拉麵吧！

<ruby>客<rt>きゃく</rt></ruby><ruby>寄<rt>よ</rt></ruby>せパンダ
kya.ku.yo.se.pa.n.da

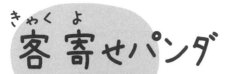

| 意思 | 吸引顧客的方法。 |

解説 「<ruby>客<rt>きゃく</rt></ruby><ruby>寄<rt>よ</rt></ruby>せ」：讓客人絡繹不絕的各種宣傳手法。

「パンダ」= panda（熊貓）。

例 <ruby>選挙<rt>せんきょ</rt></ruby>では <ruby>客<rt>きゃく</rt></ruby><ruby>寄<rt>よ</rt></ruby>せパンダが<ruby>大事<rt>だいじ</rt></ruby>だ。
se.n.kyo.de.wa.kya.ku.yo.se.pa.n.da.ga.da.i.ji.da
選舉上如何吸引人氣是最重要的。

類 <ruby>人<rt>ひと</rt></ruby><ruby>寄<rt>よ</rt></ruby>せパンダ

🐼 熊貓比貓還招財？

源自1972年中國的熊貓康康、拉拉剛送到日本時，在東京上野動物園擠滿爭先恐後想要目睹熊貓風采的人潮。之後「熊貓」自然而然地就成為「吸引人潮」的代名詞。

ポテチ
po.te.chi

意思 洋芋片

解説 「ポテ」=ポテト（potato，馬鈴薯）。

「チ」=チップス（chip，片）。

原句 「ポテトチップス（potato chip）」的略稱。

例 ベッドの<ruby>上<rt>うえ</rt></ruby>でポテチを<ruby>食<rt>た</rt></ruby>べないで！
be.d.do.no.u.e.de.po.te.chi.o.ta.be.na.i.de
不要在床上吃洋芋片！

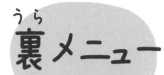

裏メニュー
u.ra.me.nyu.u

意思	熟客才知道的隱藏版料理。

解説	「裏」：內部；內幕。
	「メニュー」= menu（菜單）。

例 常連なので裏メニューを注文した。
jo.o.re.n.na.no.de.u.ra.me.nyu.u.o.chu.u.mo.n.shi.ta
因為是熟客所以點了隱藏版料理。

隠れ〜
ka.ku.re

意思	不為人知的〜。

例 実はジャニーズの隠れファンだ。
其實…我一直都是傑尼斯的歌迷。

柿ピー
ka.ki.pi.i

意思	柿子種米果。零食名。

解説	「ピー」＝ピーナッツ
	（peanut，米果；花生米）。

原句	「柿の種ピーナッツ」的略稱。

例 柿ピーはビールのつまみに最高！
ka.ki.pi.i.wa.bi.i.ru.no.tsu.ma.mi.ni.sa.i.ko.o
柿子種米果配啤酒最讚！

151

べつばら
別腹
be.tsu.ba.ra

| 意思 | 另一個胃。 |

| 解說 | 「別」：另一個。 |

例 甘い物は別腹だよね。
a.ma.i.mo.no.wa.be.tsu.ba.ra.da.yo.ne
甜食是另一個胃。

👨 沒吃甜食哪算飽？

肚子已經很撐了，看到喜歡吃的食物依舊吃得下的意思。大多用在女性面對甜食時的狀態，通常會說「ケーキは別腹だから大丈夫。」（吃蛋糕是另一個胃，所以沒問題。），其他還有像是「飲酒後のラーメン（飲酒後的拉麵）」等。

ちか
デパ地下
de.pa.chi.ka

| 意思 | 百貨公司地下街。 |

| 解說 | 「デパ」＝デパート（department store，百貨公司）。 |

| 原句 | 「デパートの地下売り場」的略稱。 |

例 デパ地下グルメは本当に凄い。
de.pa.chi.ka.gu.ru.me.wa.ho.n.to.o.ni.su.go.i
百貨公司地下美食街真的好驚人。

シネコン
shi.ne.ko.n

意思　大型電影院。

解説　「シネ」＝シネマ（cinema，電影院）。
　　　「コン」＝コンプレックス（complex，複合式）。

例　シネコンで映画のはしごをした。
shi.ne.ko.n.de.e.i.ga.no.ha.shi.go.o.shi.ta
到大型電影院連續看了好幾部電影。

＊「はしご」：換了一間又一間的意思。常用在喝酒續攤上，在此指連續的意思。

分煙
bu.n.e.n

意思　分成吸煙區和禁煙區。

例　最近のレストランは分煙より禁煙だ。
sa.i.ki.n.no.re.su.to.ra.n.wa.bu.n.e.n.yo.ri.ki.n.e.n.da
最近餐廳幾乎不分區而是直接禁菸。

ポイ捨て
po.i.su.te

意思　亂丟垃圾。

例　タバコのポイ捨てはやめて！
ta.ba.ko.no.po.i.su.te.wa.ya.me.te
不要隨地亂丟菸蒂！

意思　行人專用道。

解説　「ホコ」＝歩行者（行人）。
　　　　「天」＝ 天国。

原句　「歩行者天国」的略稱。

例　ホコ天は広くて歩きやすい。
ho.ko.te.n.wa.hi.ro.ku.te.a.ru.ki.ya.su.i
行人專用道既寬敞走起來也很舒適。

意思　單行道。

解説　「一」＝一方（一個方向；方面）。
　　　　「通」＝ 通行（通道）。

原句　「一方通行」的略稱。

例　この道路は一通だよ。
ko.no.do.o.ro.wa.i.t.tsu.u.da.yo
這條路是單行道。

意思　摩托車。

解説　「チャリ」＝チャリンコ（脚踏車的俗稱）。

原句　「原動機付チャリンコ」的略稱。

例　原チャリで大学へ通う。
ge.n.cha.ri.de.da.i.ga.ku.e.ka.yo.u
到學校都是騎摩托車通勤。

路駐
ろ ちゅう
ro.chu.u

| 意思 | 在路邊停車。 |

| 解説 | 「路」= 路上（街道上）。 |
| | 「駐」= 駐車（停車）。 |

| 原句 | 「路上駐車」的略稱。 |

例 路駐して切符を切られた。
ro.chu.u.shi.te.ki.p.pu.o.ki.ra.re.ta
把車停在路邊結果被開單。

ママチャリ
ma.ma.cha.ri

| 意思 | 裝有籃子的淑女車。 |

| 解説 | 「ママ」：媽媽。 |

例 ママチャリで買い物に行く。
ma.ma.cha.ri.de.ka.i.mo.no.ni.i.ku
騎著淑女車去買東西。

蠟筆小新的媽媽也在騎？

在此指的是媽媽專用腳踏車。日本媽媽時常會騎著這種腳踏車載小孩上學。卡通蠟筆小新中的美冴媽媽在卡通裡也時常騎著ママチャリ登場！

155

チャリ／チャリンコ
cha.ri / cha.ri.n.ko

| 意思 | 腳踏車。 |

| 解說 | 「自転車（じてんしゃ）」的俗稱。 |

例 チャリで友達（ともだち）に会（あ）いに行（い）く。
cha.ri.de.to.mo.da.chi.ni.a.i.ni.i.ku
騎腳踏車和朋友會合。

駆（か）けつけ三杯（さんばい）
ka.ke.tsu.ke.sa.n.ba.i

| 意思 | 指在酒宴上，遲到的人必須罰喝三杯酒。 |

| 解說 | 「駆（か）けつけ」：匆忙趕到。 |

例 まあまあ駆（か）けつけ三杯（さんばい）。
ma.a.ma.a.ka.ke.tsu.ke.sa.n.ba.i
總之先喝個三杯再說。

悪乗（わるの）り
wa.ru.no.ri

| 意思 | 行為、舉止失態。 |

例 ちょっと悪乗（わるの）りしないで！
cho.t.to.wa.ru.no.ri.shi.na.i.de
舉止別太無禮。

👦 **真的很OVER！**

原本是爵士樂界的用語。一般演奏爵士樂時樂者陶醉於其中的狀態都叫作「ノル～のっている」，但一旦陶醉過頭，就會被稱為「悪乗（わるの）り」。

<ruby>宅<rt>たく</rt></ruby><ruby>飲<rt>の</rt></ruby>み
ta.ku.no.mi

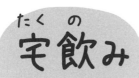

意思　指在家喝酒。

解說　「<ruby>宅<rt>たく</rt></ruby>」：家。

　　　　「<ruby>飲<rt>の</rt></ruby>み」＝<ruby>飲<rt>の</rt></ruby>む（喝）。

例　<ruby>最近<rt>さいきん</rt></ruby><ruby>不<rt>ふ</rt></ruby><ruby>景気<rt>けいき</rt></ruby>なので、<ruby>宅<rt>たく</rt></ruby><ruby>飲<rt>の</rt></ruby>みがブームだ。
sa.i.ki.n.fu.ke.i.ki.na.no.de、ta.ku.no.mi.ga.bu.u.mu.da
最近不景氣所以流行在家喝酒。

類　<ruby>家<rt>いえ</rt></ruby><ruby>飲<rt>の</rt></ruby>み

- -

<ruby>休<rt>きゅう</rt></ruby><ruby>肝<rt>かん</rt></ruby><ruby>日<rt>び</rt></ruby>
kyu.u.ka.n.bi

意思　讓肝臟休息的日子
　　　　(不喝酒的日子)。

例　<ruby>毎週<rt>まいしゅう</rt></ruby><ruby>日曜日<rt>にちようび</rt></ruby>は <ruby>休肝日<rt>きゅうかんび</rt></ruby>だ。
ma.i.shu.u.ni.chi.yo.o.bi.wa.kyu.u.ka.n.bi.da
每個星期天都是我的休肝日。

😊 好好愛你的肝

針對平日有飲酒習慣的人，倡導一天滴酒不沾以促進健康為目的。設定休肝日可大幅降低因飲酒過量導致死亡的風險。平時多攝取蛋白質、富維他命的食物，每日飲酒1至2杯，每週1～2天的休肝日，才能真正減緩肝臟負擔。

オール
o.o.ru

| 意思 | 通宵。

| 解説 | 「オール」= all（全部）。

例 オールでカラオケした。
o.o.ru.de.ka.ra.o.ke.shi.ta
通宵唱卡拉OK。

れん
連チャン
re.n.cha.n

| 意思 | 重覆發生。

| 解説 | 出自麻將的連莊。

例 二日連チャンで徹夜だよ〜
ふつ か れん　　　　　　てつ や
fu.tsu.ka.re.n.cha.n.de.te.tsu.ya.da.yo
連續兩天都在熬夜。

ばく すい
爆睡
ba.ku.su.i

| 意思 | 沉睡。

例 ごめん、爆睡してた。
　　　　　ばくすい
go.me.n、 ba.ku.su.i.shi.te.ta
抱歉，我剛剛睡死了。

バタンキュー
ba.ta.n.kyu.u

意思 累倒在床上呼呼大睡。

解説 「バタン」：形容倒下來的聲音。

「キュー」：形容熟睡時發出的聲音。

例 疲れて帰ってそのままバタンキューだ。
tsu.ka.re.te.ka.e.tte.so.no.ma.ma.ba.ta.n.kyu.u.da
太累了回家後立刻倒頭就睡。

午前様
go.ze.n.sa.ma

意思 指過半夜十二點才回家的人。

例 今日も午前様だ。
kyo.o.mo.go.ze.n.sa.ma.da
今天也是到半夜才回家。

「午前様」、「朝帰り」

* 「午前様」：是指加班加到深夜、或是應酬到半夜才回家。
* 「朝帰り」：第023頁「朝帰り」則是指在外投宿，隔天早上才回家。
 兩者之間最大的差別就在於有沒有在外過夜。

掛流し かけ なが

意思　流動式溫泉。

其他　還有「只用過一次就丟掉」、
　　　「就讓它流出來」的意思。

例　当温泉は掛流しでございます。
とうおんせん　　かけなが
to.o.o.n.se.n.wa.ka.ke.na.ga.shi.de.go.za.i.ma.su
本溫泉的泉水是不循環使用的。

. . . .

まっぱ
ma.p.pa

意思　全裸。

解說　「まっ」=真っ（強調語氣）。
ま
　　　「ぱ」= はだか（裸）。

原句　「真っ裸」的略稱。
ま　はだか

例　まっぱで温泉に飛び込んだ。
　　　おんせん　と　こ
ma.p.pa.de.o.n.se.n.ni.to.bi.ko.n.da
全裸跳進溫泉。

ツンデレ
tsu.n.de.re

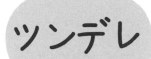

| 意思 | 傲嬌、外冷內熱。 |

| 解說 | 「**ツン**」＝ツンツン（冷酷；難以親近，這裡指在別人面前）。 |
| | 「**デレ**」＝デレデレ（嬌羞；害羞，這裡指私底下）。 |

| 原句 | 「ツンツンデレデレ」的略稱。 |

例 ツンデレな彼女(かのじょ)が好(す)き。
tsu.n.de.re.na.ka.no.jo.ga.su.ki
我喜歡她的傲嬌。

指(ゆび)きり
yu.bi.ki.ri

| 意思 | 打勾勾。 |

| 解說 | 「**きり**」＝切(き)る（切）。 |
| | 「**指(ゆび)きり**」：指遊女與客人之間以切斷指頭作為誓約的意思。 |

| 原句 | 「指切拳万(ゆびきりげんまん)」的略稱。 |
| | 「拳万(げんまん)」：有破壞約定的人要挨一萬次拳頭的意思。 |

例 指(ゆび)きり拳満嘘(げんまんうそ)ついたら針千本飲(はりせんぼんの)ます。
yu.bi.ki.ri.ge.n.ma.n.u.so.tsu.i.ta.ra.ha.ri.se.n.bo.n.no.ma.su
我們打勾勾，說謊的是小狗。

ドタキャン
do.ta.kya.n

意思 放鴿子。

解説 「ドタ」＝ 土壇場 (最後一刻；突然)。
「キャン」＝ キャンセル(cancel；取消)。

原句 「土壇場のキャンセル」的略稱。

例 ドタキャンとかマジ有り得ない。
do.ta.kya.n.to.ka.ma.ji.a.ri.e.na.i
實在無法想像會被放鴿子。

お茶する
o.cha.su.ru

意思 指在茶店或咖啡店邊喝茶邊閒聊。

例 ちょっとお茶しようよ。
cho.t.to.o.cha.shi.yo.o.yo
我們去喝茶聊天嘛。

👦 **小姐，要不要喝杯咖啡呀？**

也被用在搭訕用語上，通常是問句「お茶しない？」，類似我們常聽到的「要不要喝杯咖啡呀？」。

けちょんけちょん
ke.cho.n.ke.cho.n

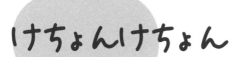

| 意思 | 重重一擊。

| 解說 | 「けちょん」＝ けちょんに
（非常，源自於和歌山的方言）。

例 けちょんけちょんにやられた。
ke.cho.n.ke.cho.n.ni.ya.ra.re.ta
被重重的一擊。

飛び込み
と　こ
to.bi.ko.mi

| 意思 | 天外飛來一筆。

例 飛び込み営業はきつい。
と こ えいぎょう
推銷員很辛苦。

＊飛び込み営業 (推銷員)
と こ えいぎょう

お約束
やくそく
o.ya.ku.so.ku

| 意思 | 和預想的進展一樣。

| 解說 | 「約束」：約定。
やくそく

例 それはお約束だよ。
やくそく
so.re.wa.o.ya.ku.so.ku.da.yo
這很老梗。

👮 **難道這是約好的？**

用來指「大部分的人所期待的內容」，「一定要有的搞笑段子」、「已經先決定好的內容」等。例如：連續劇常出現的圓滿結局，搞笑藝人常互相吐槽的畫面、或是卡通或漫畫人物上學遲到時嘴巴會咬著吐司出門的畫面等。

罰ゲーム
（ばつ）
ba.tsu.ge.e.mu

| 意思 | 懲罰遊戲。 |

| 解說 | 「ゲーム」＝ game（遊戲）。 |

例 罰ゲームで女装してマックに行った。
（ばつ）　　　　　（じょそう）　　　　　　　（い）
ba.tsu.ge.e.mu.de.jo.so.o.shi.te.ma.k.ku.ni.i.t.ta
玩國王遊戲被罰穿女裝到麥當勞。

お持ち帰り
（も）　（かえ）
o.mo.chi.ka.e.ri

| 意思 | 帶出場。 |

例 あの子お持ち帰りしたの！？
（こ）　　（も）（かえ）
你把那女的帶回家了！？

打包回家？

原本是用在買東西外帶的意思，但在這裡指男性將在聯誼、夜店上認識的女性，帶到旅館或家裡的意思。

約一名
（やく いち めい）
ya.ku.i.chi.me.i

| 意思 | 指一人。 |

例 ここに約一名、KYな人が居ます。
（やくいちめい）　　　　　（ひと）（い）
ko.ko.ni.ya.ku.i.chi.me.i、ke.e.wa.i.na.hi.to.ga.i.ma.su
這裡有一個白目的人。

～予備軍

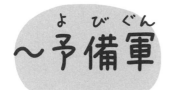

| 意思 | 後備、備胎。 |

| 注意 | 名詞＋予備軍。
指「有可能會成為～」的意思。 |

例 犯罪者予備軍は監視してください。
ha.n.za.i.sha.yo.bi.gu.n.wa.ka.n.shi.shi.te.ku.da.sa.i
請監視可能會犯罪的人。

レア
re.a

| 意思 | 稀奇。 |

| 解說 | 出自英文「rare」（罕見的）。 |

例 このフィギュアはレアものだよ。
ko.no.fi.gyu.a.wa.re.a.mo.no.da.yo
這個模型很稀有喔。

結果オーライ
ke.k.ka.o.o.ra.i

| 意思 | 有好結局就夠了。 |

| 解說 | 「オーライ」＝ all right
（好；沒問題）。 |

例 まあ結果オーライで良かったね。
ma.a.ke.k.ka.o.o.ra.i.de.yo.ka.t.ta.ne
管他的反正現在已經有好結果了。

あっぷあっぷ
a.p.pu.a.p.pu

意思　痛苦的狀態。

例　業績悪化であっぷあっぷしている。
gyo.o.se.ki.a.k.ka.de.a.p.pu.a.p.pu.shi.te.i.ru
目前處於業績不斷下滑的狀態。

いいとこ取り
i.i.to.ko.do.ri

意思　只挑出好處。

解說　「いい」：好的。

「とこ」＝ところ（地方）。

「取り」：取る（取得）。

例　それっていいとこ取りだね。
這只不過是在從中獲取好處罷了。

右肩上がり
mi.gi.ka.ta.a.ga.ri

意思　指數字隨著時間增長，狀態變好。

解說　「上がり」＝上がる（上升）。

例　業績が右肩上がりだ。
gyo.o.se.ki.ga.mi.gi.ka.ta.a.ga.ri.da
業績持續上升。

源自統計圖表上的數據往右方不斷向上延伸。

ダメ出し
だ
da.me.da.shi

意思	指謫。

解說	「ダメ」：不行。 「ダメを出す」的名詞用法。

你！給我過來！報表亂七八糟！

例 上司からダメ出しを食らった。
じょう し　　　　　　　だ　　　　　く
jo.o.shi.ka.ra.da.me.da.shi.o.ku.ra.t.t.a
被上司糾正了。

バブル
ba.bu.ru

意思	泡沫經濟。

解說	「バブル」＝ bubble（泡沫）。

原句	「バブル経済」的略稱。
	けいざい

例 バブルはいつか 必 ず弾ける。
かなら　　はじ
ba.bu.ru.wa.i.tsu.ka.ka.na.ra.zu.ha.ji.ke.ru
泡沫經濟遲早會出事。

ウケる
u.ke.ru

意思 有趣、好笑。

例 マジでウケるんだけど！
ma.ji.de.u.ke.ru.n.da.ke.do
這真的很好笑！

反 ウケない（不被接收、沒人氣）

チクる
chi.ku.ru

意思 告狀。

解説 「**チク**」＝ちくり（挖苦；針扎般刺痛）。
「ちくり」→「チクる」，副詞做動詞用。

例 仲間の悪事を警察にチクった。
na.ka.ma.no.a.ku.ji.o.ke.i.sa.tsu.ni.chi.ku.t.ta
向警察告發朋友做的壞事。

マジ
ma.ji

意思 真的。

原句 「真面目」的略稱。

例 マジでやばい！
ma.ji.de.ya.ba.i
真的太強了。

＊「やばい」：① 好厲害　例：あの人かっこいい！マジやばい。（那個人好酷！太強了！）
　　　　　　② 糟糕　例：宿題忘れた！マジやばい。（忘了寫作業！糟糕了！）

3秒ルール
びょう
sa.n.byo.o.ru.u.ru

意思 指食物掉落後，3秒內撿起來還能吃的迷信。

解説 「ルール」＝ rule（規則）。

其他 另外有5秒、10秒。

例 三秒ルールだからまだ食べれるよ。
さんびょう　　　　　　　　　　た
sa.n.byo.o.ru.u.ru.da.ka.ra.ma.da.ta.be.re.ru.yo
因為還在三秒以內所以還可以吃喔。

ガセネタ
ga.se.ne.ta

意思 假情報。

解説 「ガセ」：謊言。
源於「ひと騒がせ（騒動）」的「がせ」。
「ネタ」：梗。

例 芸能ニュースはガセネタが多い。
げいのう　　　　　　　　　　　　　　おお
ge.i.no.o.nyu.u.su.wa.ga.se.ne.ta.ga.o.o.i
影劇新聞有很多假情報。

プチプチ
pu.chi.pu.chi

意思 氣泡紙。

例 プチプチ気持いい～
　　　　　きもち
pu.chi.pu.chi.ki.mo.chi.i.i
壓氣泡紙感覺真好。

メタボ
me.ta.bo

| 意思 | 代謝症候群。 |

| 原句 | 「メタボリックシンドローム（metabolic syndrome）」的略稱。 |

例　メタボオヤジにはなりたくない。
me.ta.bo.o.ya.ji.ni.wa.na.ri.ta.ku.na.i
我不想變成有代謝症候群的老頭。

大多是因肥胖、高血糖、高中性血脂肪等所造成的。

ドン引き
do.n.bi.ki

| 意思 | 殺風景、破壞氣氛。 |

| 解說 | 「ドン」：強調用語。 |
| | 「引き」＝引いてしまう(失望)。 |

例　オヤジギャグに皆がドン引きした。
o.ya.ji.gya.gu.ni.mi.na.ga.do.n.bi.ki.shi.ta
中年男子的冷笑話打壞了大家的氣氛。

プリクラ
pu.ri.ku.ra

意思 大頭貼機。

解説 「**プリ**」= プリント（print，印刷）。
「**クラ**」= クラブ（club，倶樂部）。

原句 「プリントクラブ（print club）」的略稱。

例 プリクラ撮_とろうよ。
pu.ri.ku.ra.to.ro.o.yo
我們來拍大頭貼吧。

あしはいせん
タコ足配線
ta.ko.a.shi.ha.i.se.n

意思 插滿插頭的延長線。

例 タコ足配線_{あしはいせん}は便利_{べんり}だけど危険_{きけん}だよ。
ta.ko.a.shi.ha.i.se.n.wa.be.n.ri.da.ke.do.ki.ke.n.da.yo
插滿插頭的延長線雖然方便但很危險喔。

チンする
chi.n.su.ru

意思 微波加熱。

解説 「**チン**」：微波爐加熱完畢時的聲音。

例 コンビニ弁当_{べんとう}をチンする。
ko.n.bi.ni.be.n.to.o.o.chi.n.su.ru
用微波爐加熱便利商店的便當。

いち おう
一応
i.chi.o.o

意思　基本上、大致上、算是～。

例　一応彼氏います。
i.chi.o.o.ka.re.shi.i.ma.su
算是有男朋友啦。

怎麼說得這麼含糊？

例句上其實是想表達「雖然有，但是…」，可能說話者想和男朋友分手、或是正在找尋更適合的人等。其他也有對於個人行為想刻意表達出低調的意思，例如「一応大学生です。」(雖然進好大學但也只是一般大學生)等。

- -

てか

意思　不如說、但是、總之、還是～。

原句　「ていうか」的略稱。

例　危ないってかだめだよ。
與其說危險倒不如說這是不行的吧！

用於與自己的想法一致、不同或是有其他看法時等。

ピーカン

pi.i.ka.n

意思	好天氣。
解說	源於攝影用語。

例 今日はピーカンだね。
kyo.o.wa.pi.i.ka.n.da.ne
今天天氣好好喔～

なあなあ

na.a.na.a

意思	隨意。
解說	「なあ」：徵求他人同意時的發語詞。

例 なあなあで仕事する。
na.a.na.a.de.shi.go.to.su.ru
懶懶散散的工作。

なんだかんだ

na.n.da.ka.n.da

意思	什麼都～。

例 なんだかんだ言っても好きなんだ。
na.n.da.ka.n.da.i.t.te.mo.su.ki.na.n.da
不管怎樣就是喜歡。

ドンマイ
do.n.ma.i

| 意思 | 不要在意。 |

| 解說 | 出自英文的「don't mind」（別在意）。 |

例 **ドンマイ！また頑張ろう。**
do.n.ma.i! ma.ta.ga.n.ba.ro.o
別在意！再努力加油吧。

ドンピシャ
do.n.pi.sha

| 意思 | 完全相同。 |

| 解說 | 「ドン」：強調用語。 |

| 原句 | 「どんぴしゃり」的略稱。 |

例 **天気予報はドンピシャだったね。**
te.n.ki.yo.ho.o.wa.do.n.pi.sha.da.t.ta.ne
天氣預報完全說中了呢！

～モード
mo.o.do

| 意思 | ～模式。 |

解説 出自英文「mode」（型；種類）。

例 携帯をマナーモードにして下さい。
ke.i.ta.i.o.ma.na.a.mo.o.do.ni.shi.te.ku.da.sa.i
請將手機設為靜音。

元ネタ
もと
mo.to.ne.ta

| 意思 | 原創。 |

解説 「元」：原本。
もと

例 あの動画の元ネタは何なの？
どう が　　もと　　　　　　　　　なん
a.no.do.o.ga.no.mo.to.ne.ta.wa.na.n.na.no
那個動畫原創作者是誰？

ワンパターン
wa.n.pa.ta.a.n

| 意思 | 相同模式。 |

解説 「ワン」＝ one（一）。
　　　「パターン」＝ pattern（樣式）。

例 韓流ドラマはいつもワンパターン。
かんりゅう
ka.n.ryu.u.do.ra.ma.wa.i.tsu.mo.wa.n.pa.ta.a.n
韓劇劇情老是一樣。

1 選選看：聽MP3，並從〔 〕中選出適當的單字

〔 **A**.微妙　　**B**.断トツ　　**C**.ぶっちゃけ　　**D**.うざい　　**E**.鬼の様に 〕

① 失言（しつげん）して_____な空気（くうき）が流（なが）れた。

② 徹夜（てつや）明（あ）けなので_____爆睡（ばくすい）した。

③ *スラムダンクが_____で面白（おもしろ）い。

④ _____この映画（えいが）面白（おもしろ）くないよね？

⑤ グチグチ文句（もんく）を言（い）うやつがマジで_____。

2 填填看：聽MP3，並在_____中填入適當的單字。

① ストレスで食（た）べ_____ら太（ふと）った。

② その服（ふく）_____からやめてよ～

③ 疲（つか）れたから_____ようか。

④ 次（つぎ）_____したらマジで絶交（ぜっこう）だよ。

⑤ あの彼（かれ）_____でイケメンだね！

＊ スラムダンク：日本知名卡通「灌籃高手」。

解答

1 ① **A**--說錯話把氣氛搞僵。　　② **E**--昨晚熬夜到白天所以後來就一直狂睡。　　③ **B**--灌籃高手果然還是最好看的。　　④ **C**--說真的那部電影不怎麼有趣嘛？　　⑤ **D**--碎念抱怨的傢伙讓人厭煩。

2 ① まくった--壓力大暴飲暴食，所以發胖了。　　② ダサイ--這件很土不要穿啦。　　③ お茶し--累的話要不要去喝個茶休息一下。　　④ ドタキャン--下次再放我鴿子真的就要和你絕交囉。　　⑤ マジ--他真的很帥！

KY

**不會察言觀色
(俗稱白目)。**

- KUUKI YOMENAI (空気読めない)

例 あの人マジでKYだよね。
a.no.hi.to.ma.ji.de.ke.e.wa.i.da.yo.ne
那個人真的很不會察言觀色耶。

AM

待會兒見。

- ATODE MATANE (後でまたね)

例 ちょっとトイレに行くからAM。
cho.t.to.to.i.re.ni.i.ku.ka.ra.e.i.e.mu
我先去上一下洗手間等會兒見。

HD

無聊打電話。

- HIMADAKARA DENWASURU (ヒマだから電話する)

例 ごめん、ただのHD。
go.me.n、 ta.da.no.e.i.chi.di.i
抱歉，只是因為無聊才打來。

IT

想吃冰。

- ICE TABETAI (アイス食べたい)

例 寒いけど超 IT 。
sa.mu.i.ke.do.cho.o.a.i.ti.i
雖然天氣冷我還是超想吃冰。

3M

真的不行了。

● MAJIDE MOU MURI（マジでもう無理）

例 あ〜ダルい、３M。
a.a.da.ru.i、su.ri.i.e.mu
啊〜好累，真的不行了。

3K

危険、辛苦、髒亂
的工作環境。

● KIKEN KITSUI KITANAI（危険、きつい、汚い）

例 ３Kの仕事はしたくない。
sa.n.ke.e.no.shi.go.to.wa.shi.ta.ku.na.i
我才不想在危険、辛苦又髒亂的地方工作。

NG

不可以、失敗。

● No Good

例 下ネタはNGだよ。
shi.mo.ne.ta.wa.e.nu.ji.i.da.yo
低級笑話完全NG。

SNS

社群網站

Social Network Service

例 SNSで友達の輪を広げる。
e.su.e.nu.e.su.de.to.mo.da.chi.no.wa.o.hi.ro.ge.ru
透過社群網站擴展交友圈。

流行語
INDEX
索引

MEMO

MEMO

MEMO

日本人聊天必説流行語

說日語好流行!日本人聊天必說流行語/Aikoberry, 菅原朋子, 平松晉之介著. -- 初版. -- 臺北市 : 笛藤出版, 2021.05印刷
面; 公分
ISBN 978-957-710-818-0(25K平裝)

1.日語 2.詞彙
803.12   110007546

2021年5月22日　二版第1刷　定價300元

著　　　者	Aikoberry·菅原朋子·平松晉之介
編　　　輯	羅巧儀
封 面 設 計	羅巧儀·王舒玗
總 編 輯	賴巧凌
編 輯 企 劃	笛藤出版
發 行 人	林建仲
發 行 所	八方出版股份有限公司
地　　　址	台北市中山區長安東路二段171號3樓3室
電　　　話	(02) 2777-3682
傳　　　眞	(02) 2777-3672
總 經 銷	聯合發行股份有限公司
地　　　址	新北市新店區寶橋路235巷6弄6號2樓
電　　　話	(02)2917-8022·(02)2917-8042
製 版 廠	造極彩色印刷製版股份有限公司
地　　　址	新北市中和區中山路二段380巷7號1樓
電　　　話	(02)2240-0333·(02)2248-3904
郵 撥 帳 戶	八方出版股份有限公司
郵 撥 帳 號	19809050